王尔德的解药

余翠荣 著

WANGERDE
DE
JIEYAO

北京日报出版社

图书在版编目（CIP）数据

王尔德的解药 / 余翠荣著. -- 北京：北京日报出
版社, 2021.12
　　ISBN 978-7-5477-4052-1

　　Ⅰ.①王… Ⅱ.①余… Ⅲ.①随笔—作品集—中国—
当代 Ⅳ.①I267.1

中国版本图书馆CIP数据核字(2021)第167191号

王尔德的解药

出版发行：北京日报出版社

地　　址：北京市东城区东单三条8-16号东方广场东配楼四层

邮　　编：100005

电　　话：发行部：（010）65255876
　　　　　　总编室：（010）65252135

印　　刷：三河市嵩川印刷有限公司

经　　销：各地新华书店

版　　次：2021年12月第1版
　　　　　　2022年1月第1次印刷

开　　本：880毫米×1230毫米　　1/32

印　　张：8

字　　数：150千字

定　　价：58.00元

自　序

《今夕何夕》出版后，一位仁兄读后对我说：你的书，写自己、写家里的事太多了！他的话让我惭愧。因为他说的，正是我自己也相当纠结的。

不是没有意识到这个问题，也不是不肯正视这个问题，是没有办法而已！总是写着写着，就写回自己那儿了。为此，得罪家人，得罪朋友，得罪领导。

我不是个有思想的人，因此写不出有深度、有教育意义的文章。从我的文章中汲取养分，是一定会让读者失望的。事实上，许多时候，我也是个需要别人来引导和教育的人，比如我在人情世故方面的笨拙。我也不是一个感情细腻的人，写不出语言优美、情调浓郁的文章。我的文章更谈不上投枪匕首，一针见血，直击时弊，更不能揭露社会和人性的阴暗面。讲道理的文章虽然偶尔也写写，但那实在不能令我愉快，面孔一板，架子一端，自己先就把自己逗乐了。我是个喜欢随着性子来写的人，写我自己看到的、想到的、经历的人或事——自己、家人、朋友，所有我了解最多、接触最多的，才能写得游刃有余，得心应手。

张爱玲曾说："然而通篇'我我我'的身边文学是要挨骂的。"英国小说家伊夫林·沃曾说："以第一人称写小说是可鄙的。"有关教人怎么写作的教科书中也说："对于所有的写手来说，用第一人称写作是大忌。"

可是，这种写文章离不开"我我我"的作家似乎不乏其人。连张爱玲这样矜持的女子，也免不了拿"我"做做文章……她在《童言无忌》里就做了撇清。三毛一度因为写"我"，被批评得几乎写不下去。

这似乎与性别有关系！女人的天性总是爱唠叨。唠叨别人，有说人闲话的嫌疑；唠叨自己，说说自己的八卦，总不至于得罪人。写文章唠叨了，现实中就不再唠叨了，这使与我熟识的人、亲近的人耳根清净了。或者，从另一个角度讲，可能又使更多的人眼睛受到了迫害。可是有什么办法呢，总不至于让我不说话闷死呀。

为什么写"我"遭到这样或那样的批评，还是有作家作者在写？——因为有读者。据不完全估计，大多数是女读者。喜爱三毛的读者多是女性，我很少听到哪位男士说，我好喜欢三毛的文章。

李廷舫先生为《今夕何夕》作序时，给我的文章定位为"小品文"。

小品文是啥玩意儿呢？指那些短小灵活、简练隽永，具有议论、抒情、叙事的多重功能，偏重于即兴抒写零碎的感想、片段的见闻和点滴的体会，是一种轻便自由的文学形式。林语堂提倡小品文"以自我为中心，以闲适为格调"。

这不正是我最喜欢写的吗？我有一个不好的习惯：和家人吃饭时，总爱捡一些社会上的逸闻趣事来谈（有违食不言、寝不语的古训），借此发表自己的观点和看法。母亲说我，可是一把鬼嚼（胡说八道）的好手。可是，如果我不说话，一味埋头苦吃，她又觉得索然无味。大概读者看我的东西，也是这样的感觉吧？

每个人都拥有自己独一无二的资源，如果写出来给大家看，那就是与大家分享你的资源，这也是写文章的本意。虽然那可能多是个人的、琐碎的、无足轻重的东西；可是，那里面或多或少，总还是有一些新鲜的信息给你。文章，是作者的窗口，我希望大家通过这个窗口，看到我所感知的世界。

我这样说，似乎有点振振有词地为自己辩护。是有一点，但不是没有惭愧。作者与读者，都是通过作品来说话的，而读者比作者更有发言权和评判权。

我的建议是什么呢？若大家看我的文章，觉得于宝贵时间是一种虚掷，那就把书一摊，睡他一觉。人生苦短，绝不能浪费时间听我鬼扯。赶明儿遇着我，您若不至于骂我一顿，我请您喝茶去。

若您肯勉强看下去，那我倒要惶恐了，承蒙错爱啊！赶明儿遇着您，我请您喝茶去！

目　录

长了白发以后

自从白发如雨后春笋般冒出来，有关白发的种种，就成了生活中的一项内容，比如老妈，隔三岔五就要对我进行思想教育。

老妈：你把头发染染吧，年纪轻轻的，顶着一头白发，人家还以为你多大岁数了呢！

我：干吗要染呢？有白发说明我活老了，很多人都没机会活到长白头发呢！

老妈：你染染头发吧。你这个年龄，头发白的人也挺多的，人家都染了。

我：其实有点白头发挺好的。像我这样长相粗犷的女人，长了白发虽然不一定使我看起来温柔，但肯定看起来慈祥，这哪是化妆品能达到的境界啊……

老妈：你不染染头发？染染吧，我这么大岁数了，还染头发呢。人不管多大，都得要好……

我：有白头发不一定是坏事，这就是一种警示性标志，意思是已经是长白头发的女人了，闲杂人等就不要有什么想法了。这可以保证我生活作风的纯正……

老妈：你能懒死……

我：碍你啥事……

有关头发的染与不染，成了我和老妈之间循环往复的一个话题。

与老妈做口头上的思想工作不同，二嫂的方法简单多了，她基本不和你打招呼，也不管你有没有心理准备，直接上手拔。有时下手太狠，黑头发也跟着被无辜地拔下来，状甚惨烈。每次看她拿着拔下的头发给我邀功，我就有唱《满江红》的冲动。白发也是头发啊，总好过没有吧！

被下黑手的次数多了，再看到她走近，就会本能地警觉起来。可是，人生就是这样，你防住这里，防不住那里。在单位，有同事走过身边，嘴里说着"哎，白头发……"话音落下，一根白发跟着就被拔下来了。平时捎带的、顺手的，总会给你拔一根两根……

与同学、朋友吃饭，有人从身后走过，稍作停顿，你便觉得头皮发麻，回头一看，一根白发已在对方手里了，讪笑着对你说："嘿，给你拔了根白头发。"

有次在电梯里，一同事面无表情地盯着我，也不说话，直盯得我心里发怵。出了电梯，我问她："你盯着我干吗？"她说："我看到你头顶有根白头发直立着，十分嚣张，要不是人多，就给你拔了。"

可恼的是遇到多年不见的故交，会以沉重的口气问："过得不好吗？头发白了这么多。"唉……也不容易啊！我呢，赶紧跟着哭诉两句以应景。虽说咱头发白了吧，但血是热的，不能冷了人民群众的心哪！

我家大姐，五十多岁的人了，一根白发没有。每逢我以酸溜溜的口气赞叹她身体机能好，她就会颇谦虚地回我："你那是写东西写的。"

写东西写的？这不摆明着酸我吗？如果我头发都写白了，也没整出部像样的作品，这叫我情何以堪哪！

对于长白发这事儿，我真没那么消极。长几根白发算什么，那是人生渐入佳境的体现。想想吧，我五十岁的时候，顶着闪闪发光的华发，迈着优雅的步伐，风度翩翩地去参加学术研讨会，多好啊；六十岁的时候，漫步在林荫道上，阳光穿过婆娑的树影照着我的满头银发，脸上散发着祥和的神采……嘿，多么令人期待。

莫道闲情抛掷久，
每到春来，惆怅还依旧

1

弹指一挥间，用来形容十年不一定准确，但用来形容一年恰如其分。转眼，又过年了。

每到岁末，看着街上来来往往、拥挤庞杂的人群，便会生出一种苍茫之感。所有人向我走来，我向他们走去，然后，擦肩而过，彼此不会多看一眼。在时间的洪流中，总是被裹挟着前行，孤独在所难免。每个人都是过客，每个人都行色匆匆。

这个世界，最不辜负我们的，便是岁月，每一个新年，都是对你的提醒。

2

回望2016，仓促而又慵懒，仓促到没来得及设定一个目标，已匆匆一年；慵懒到大把大把的时光，在碌碌无为中度过。

春天时，在商场看到一件漂亮的冬装，兴冲冲地买下，以期冬天来临时穿。冬天到了，衣服却已经瘦得穿不上身了。说这一年一无所获似乎不够准确，至少获得了脂肪。到底是怎样的放纵才会令脂肪如此肆无忌惮地增长？老妈说："你克制一下吧。"我说："我的人生乐趣就只剩下吃了，就不要再为难我了吧！"

我是一个仁慈的人，不是对这个世界，而是对自己，可以毫无原则地包容和怜悯。

年初购的两箱书，到了年底，一箱没有拆封，一箱子拆封了，却只看过几本。也就是说，这一年，我只读过几本书而已。看书越来越没有耐心，基本流于散文、杂文甚至笑话集锦。大部头作品不是不想看，而是刚拿起来就会犯困。大量的时间用来碎片化阅读，以致眼睛越来越不好使。一个不阅读的人会有多浅薄，审视一下自己就知道了。终于以快马加鞭的姿态，活成了自己不喜欢的样子。

有句话叫"才华驾驭不了野心"，对我来说不是这样的。我是一个没有野心的人，写作于我没有功利目的，只是想说点什么。我是"才华驾驭不了思想"。因为才华不够，不能很好地表达我的思想，这让我感到痛苦和沮丧。就如同有着良好的衣品，却没有与之相匹配的身材。许多时候，明明有着强烈的、清晰的想法，可是付诸笔端，却表达得不那么顺畅，令我不得不常常放弃有观点有态度的文章而流于抒写一些生活琐事、小情小调的东西。这让我愧对关注我的读者。好友说，你的长处就是写这类型的文章，我的朋友都喜欢看。我说，不能因为有些男人喜欢胖女人，我就可以胖得心安理得。

2016年的生活状况最适合用三个字形容——白开水。本身是个没有志向的人，现在似乎更散淡随意了，酒不喝，摊子不上。除了上班，总是懒洋洋的，哪儿都不去，对什么事都不关心，一切波澜不惊。可怕的是，却很安于甚至很享受这种无欲无求、无色无味的状态。这是一种超然物外的境界吗？这大概只是老了的表现吧！

3

有时想，如果人生的际遇，会跟着季节的到来而到来，那会不会少了很多焦虑？可是，如果这一切都在掌握中，又会不会因为没有了期待而使生命过于沉闷？

我是一个乐观的悲观主义者。每到年末，就会忧郁，会失落，但是年一过，又会心生欢喜。新的一年开始了，冬天正在过去，春天就要来临，冰正在融化，草会慢慢冒出来……世界一如既往地运转，充满了不确定性的刺激……

4

2016年，如果有什么留下的话，大概就是开公众号了。虽然我不曾奉上有价值、有格调的文字，并且常常"炒冷饭"

（网络语，指发旧文），可是，依然获得了大家的关注和支持，有每一篇文章都转发的，有每一篇文章都留言的；有友情支持的，有由衷赞赏的……

公众号开通之初，只有几个关注者。我家二嫂为了给我涨粉，发动她同学、亲戚、朋友关注。我每发一篇文章，她都迅速转发、打赏。真的很感谢她，多年姑嫂成姊妹。

当然，也有不和谐音。有一个见过一面的人，对我某篇文章进行评论，我予以回应，招致对方大段大段的发话骂。我对公众号上读者的评论向来不回应，不论是赞同还是反对，一律不予理睬。那天不知道是心血来潮还是他的评论与我的世界观相去甚远，破天荒回应了一句。我说了什么呢？我说"你懂个屁"。

他骂我我倒不生气，只是现在回想起来有点难为情。过年了，想对那位说声抱歉，不是你懂个屁，是我懂个屁。

5

又一年了，对自己有什么想法呢？我希望新的一年，才华驾驭得了我的思想，身材胜任得了我的衣裳；多读书，少吃肉。

在这里，也感谢我的亲人、朋友以及关注公众号的读者们，因为有你们，使我的生命有了深度、广度和温度。新的一年，愿你们被这世界温柔以待，有很多很多的钱，有很多很多的爱……

誰敢保证不吃荤腥？？※·本·火%%%

避暑时，我干些什么

2017年的夏天持续高温，出门烤，进屋蒸，热得人能在屋里待着，就不想出去；能在床上躺着，就不想走着。可是总不能大睁双眼躺着作挺尸状吧。怎么办？当然是读书咯。

年初购的书还有半箱子没有拆封，趁此机会，统统拆来看。乔治·奥威尔的《动物农场》，是早前就看过的，这次新买了天津人民出版社的版本，翻译是李继宏。上次读，只是潦草地翻阅，这次认认真真地读完，真的被震撼到了，不得不承认，乔治·奥威尔是一个伟大的作家。

《动物农场》写于1943年，你却可以从中看到现在以及将来人类社会可能出现的处境。作者真是先知先觉。

看过《动物农场》，你无法不向乔治·奥威尔致敬！而这本书的翻译李继宏，实在是一个厉害的翻译，语言简洁生动，词义表达无误，读来畅快无比。比如，他在第二章写到动物们占领农场后，雪球将"七大纪律"写在墙上，把"朋友"写成了"明友"，真是形神毕肖，令人忍俊不禁。

据介绍，在读书节目《一千零一夜》中，梁文道选择的就是李继宏翻译的《老人与海》。他评价说："我必须很诚实地告诉大家，我真的觉得李继宏的译本是目前为止，的确比较忠实的一个译本。"

一不小心，被这个叫李继宏的名字圈粉了，重又购买了李继宏的《老人与海》《瓦尔登湖》《小王子》。

《蛤蟆的油》，是电影大师黑泽明自述成长的一本书。不过，这可不是一本指导蛤蟆如何能吃到天鹅肉的教材，而是风趣地讲述一只特殊老蛤蟆看到自己的丑相，吓出一身济世良油的故事。黑泽明以幽默的口吻，恳切地讲述了他的成长往事。语言没有繁华修饰，但所有味道都在其中。

《梦二画集》，春、夏、秋、冬卷集齐很久了，一直无暇看。这次终于一本一本地全部看完。不得不说，真的很过瘾。竹久梦二以轻妙简洁的笔触描画出他对世间浅浅深深的审视。画作配上凝练的小诗、精美的短文，或一句辛辣又富含哲理的话，既生动又有趣。

比如"春之卷"中：男人四十成恶汉。画面是一个大腹便便、体态臃肿的中年男人，头发后背，神情倨傲，高扬的手里夹着一支香烟，简直惟妙惟肖。

这个夏天，读的最有趣的书，大概是《装出英伦范儿》了。这真的是一本适合躲在屋里避暑读的书。马丁·福特、彼得·莱贡著的这本原汁原味又有些可爱的《装出英伦范儿》，以纯正英式幽默，揭秘地道英伦怪癖：从入境黑到出境，从女王黑到猫狗，从伦敦黑到外太空……详细又令人捧腹的插图配上骄傲又"自黑"的文字，一本正经地向全世界的读者介绍了英国人长期以来坚守的品性——保守、绅士、爱宠物、雷打不动的下午茶等，正是这些特征塑造了"与众不同"的英国人。

除了新买的书，还重温了一些旧书，比如《浮生六记》《醒世姻缘传》，以及冯梦龙的"三言"等。上次看这些书时，还是十几岁，中间偶尔也翻阅，但没有完整地读。明清小说，是我非常喜爱的文学类别，不仅故事精彩，里面也包含了古代的生活习俗、典章制度、方言俚语和诗词曲赋。语言接近白话，但又有着古文的深邃和韵感，读来对提高汉语言水平大有裨益。

当然，也顺带把我大中华的著名作品——《金瓶梅》看了一遍。所谓"雪夜闭门读禁书，不亦快哉"！那酷暑天读《金瓶梅》，算不算人生一大乐事？实话告诉你吧，我读的是删节本，不过是"过屠门而大嚼，虽不得其肉，聊且快意"罢了。

事实上，我们所能读到的国内出版的《金瓶梅》，基本都是删节本。有所谓人生三恨，一恨鲥鱼多刺，二恨海棠无香，三恨《红楼梦》未完。我以为应再加一恨：四恨《金瓶梅》删节。

我是卖车，不是征婚

这几天我在卖车，但没有合适的途径广而告之。因此，草标插了好几天，车还是没有卖出去。

星期六下午阳光正好，把车开到闹市区停在台阶上，和卖烤红薯、糖炒栗子的并排。我蹲在车旁，一边晒太阳，一边候客。日暮时分终于来了一人，问："你车屁股上插个芦苇秆吗？"我说："卖车。"他说："你卖车贴告示啊！插草，神经病。"

说完就走了。看着远去的背影我回了一句："呸！"

受此点拨，星期日上午用A4纸打了四个大字："出售此车"，贴在后挡风玻璃上，继续卖车。整个上午街头人来人往，熙熙攘攘，却无一人问津。晌午时分，肚子叽里咕噜作响，不由得万分沮丧，想那秦琼卖马、杨志卖刀也莫过于如此吧。

听从好友建议，星期一把车停到路旁，留电话号码走人。

中午下班赶至，发现前雨刮器上赫然夹着一张罚单，罚款理由是压了盲道。唉，这才多大会儿工夫啊。

当然，改变策略后还是收效明显，两日来收到问询电话若干，其中多是二手车贩子。这些强人先是对车一顿猛贬，然后开始杀价。听得我怒从心头起——你贬我可以，贬我的"马桂花"（我的马自达，昵称马桂花）不行。遂又打一告示贴于车上："车贩子勿扰！"

这期间倒是有一电话打过来，语气颇为温雅，问了车况后，对价格也无异议。接着还和我聊起了人生和理想、又聊到了着装……最后问起了我年龄、工作、家庭状况……我忍不住吼道："大哥，我是卖车，不是征婚好吧？"

犹记得2013年中秋，天空飘着蒙蒙细雨，与兄长前往包头马自达4S店提车。虽然之前网上多次看过，但亲眼所见，还是被惊艳到了，真的是洁白如雪，窈窕有致。特别是前脸两个大灯，宛若狐狸眼睛一般妖娆魅惑。所谓一见钟情，大概就是这种感觉了。

转眼间，马桂花已陪伴了我七年。七年来，其对我优待有加，无论120迈驰骋于茫茫高速，还是低速行驶在城市街道，都是平稳沉着，灵动自如，优秀的操控性无与伦比。当然，这得益于马自达良好的家世。素有"弯道之王"美誉的马自达，其"创驰蓝天"自吸发动机举世闻名。坊间流传一句话：马自达没钱的时候造车，有钱的时候研发发动机。

而我呢，对其也是呵护备至，土路基本不走，猛踩油门不干，停个车都要左顾右盼，生怕挨近了被擦着。日前因低头捡口罩，右前杠处撞了一下，心疼得好几天睡不着觉。

以前见朋友养小猫小狗，甚觉其烦，总怂恿其扔掉，或者卖掉，屡屡被骂铁石心肠。今番要卖掉马桂花，心里居然有着深深的不舍。这才明白，日久是会生情的，何况人家猫猫狗狗。纵不舍，但为了让老爸老妈出行更宽敞些，只得忍痛卖掉。而我能做的，就是为马桂花觅一良人。因此，哪位若有购买二手车意向，特别是给家中美眷购买，我的马桂花真的是不错的选择。它未必能雪中送炭，但绝对可以锦上添花。

好了，我要卖车去了！

是不是优雅无妨，只要老去就好

听过很多这样的话：祝你年轻漂亮；祝你永远年轻；祝你一天比一天年轻。女人四十岁，大概听到最多的祝福就是这类话了。好像年轻是多么了不起的事。

永远年轻，可能吗？根本经不起推敲嘛！说祝你永远年轻，我看倒不如说祝你一天一天老去。这样才更符合自然规律呀。永远年轻，除非你的生命戛然而止，否则怎么可能永远年轻。一天比一天年轻就更不可能了，无论你怎么护理，怎么保养，都只能稍微延缓衰老，绝不可能一天比一天年轻。

老去不好吗？说明经过了二十岁的青葱岁月，三十岁的优雅时光，四十岁的睿智练达，五十岁的沉稳内敛，六十岁的淡然平和，然后，如果还有机会更老，七十岁，八十岁，那么，面对二十岁的人，应该是骄傲和得意，而不是自怜自哀。

有人说，人怕老，是因为老了会死呀。可是，即使你打了满脸玻尿酸，到了该死的年龄还是会死去，死是生命的必然，是人人难逃的宿命。不会因为你六十岁看上去像二十岁，就可以多活四十年。何况，就算你六十岁看上去像二十岁，又能怎样？看到二十岁的美少年会怦然心动吗？会像二十岁时那样背着挎包独步天涯吗？会像二十岁时在KTV唱到天亮吗？会有兴致牵着某个人的手，撑着油纸伞，走过悠长又寂寥的雨巷吗？一个二十岁的脸庞，却透着六十岁的眼神，只会恐怖。

到底一个十八岁的应该羡慕八十岁的，还是八十岁的应该羡慕十八岁的呢？我倒以为十八岁的应该羡慕八十岁的。因为人家年轻过，你老过吗？将来会老到什么程度也是不确定的。现任美国总统是七十多岁的拜登，而不是二十岁的毛头小伙子。

当然，女人之所以更看重年轻，是因为年轻更容易赢得男人的爱慕。问题是，对一个五十岁的女人来说，赢得男人的敬慕不也很好吗？再者说，就算赢得一千个男人爱慕又如何，除了多一些垂涎的眼神、猫腻的邀请，还能怎么样？一个年纪有一个年纪的价值和魅力，二十岁赢得男人爱慕，三十岁赢得男人倾慕，四十岁赢得男人钦慕，五十岁赢得男人敬慕，才是一个女人生命历程最好的打开方式。

有句话叫"优雅地老去"，代表人物是赵雅芝、林青霞。其实，对普通人来说，是不是优雅无妨，只要老去就好，关键是自在。同样六十岁的胡因梦和刘晓庆，你看哪个更舒服？我只觉得满脸玻尿酸、扎着小辫的刘晓庆更悲哀。就算身为女人，年轻貌美，也不是生命之唯一的价值选项。用衰老的躯体拼命拽着青春不放，和一个年老的守财奴一样可悲。

何况女人的一生，美丽的时段很长，又何必太贪心。赵雅芝出演《新白娘子传奇》时，是四十岁，美艳不可方物。刘晓庆出演《武则天》时是四十岁，风华绝代。2012年，结婚生子后复出的金喜善拍摄《信义》是三十八岁，和小十岁的李敏镐演情侣一点也不违和。五十几岁的钟楚红一亮相，秒杀无数人。即使生活中的普通人，修饰得当，举止有度，五十岁、六十岁依然不乏端庄美丽。

"老就老了，心态年轻就好"，我以为这是一句很荒唐的话。事实上，身体老了，心态也应该跟着老，这才同步。一个六十岁的人，保持着三十岁的心态，实则难堪。我的一个朋友，有次带着一个年近六十岁的老板，以及几个二三十岁的部下来临河。吃了饭，年轻人吵着要去唱歌，这个老板同样兴致高昂地跟着一起去。年轻人嘴上说着恭维的话，但转身却是掩饰不住的嫌弃。年龄是排他的，年老了，就是年老了，不要硬装年轻，不要做年轻人才做的事，不要硬往年轻人堆里扎。不和年轻人争锋、争宠才是老去的最高境界。

见过一些四五十岁的女人，为了追求年轻大把大把时间用在美容、整容上，脸上涂了厚厚的、油腻的化妆品，今天打一针，明天开一刀。坐下没三分钟，开口美容，闭口养护，被夸一句年轻欢天喜地，实在令人乏味。也见过一些年老的人，满嘴养生之道，这个不能吃那个不能碰，完全沉浸在一种偏执中。为了控制三高，拼命克制不吃肉，甚至完全吃素，似乎忘记了，如果没有了享受，活一百岁又如何？就算天天吃素，没有"三高"也不能保证会活到一百岁，因为还有生其他病的可能呀。与其算计，不如早点明白，让生命更有质量。

好友张丹说，年轻时只见美丽，到老才更见得风情。人生的前半，大多是看容貌、看家世、看天分，继而是看勤奋、看努力、看坚持。唯有走到最后，才知道，人生最终看的，是质地。这是一个四十岁女子历阅经年后煨出的话。

青春有青春的美妙，老去有老去的味道，生命是有限的，有幸经历人生的春夏秋冬，已是圆满，怎么可以奢望永远年轻呢？

没事读读诗

我很赞成让孩子从小多读诗、特别是古诗词。小说、散文这些可以等到长大些读，但是诗词，最好在孩子懵懂无知时就开始接触。人在孩提时感知最强烈，记忆最深刻。从小阅读诗词，可以培养一个人对文字的审美和意境的品位。不必担心领会不了，"书读百遍，其义自见"。

有一个关于读书的段子，问为什么要读书。举个例子，当你看到夕阳余晖，鸟儿归巢，你脑海浮现的是"落霞与孤鹜齐飞，秋水共长天一色"，而不是"这么多鸟，真好看，太他妈好看了"！

这个我深有体会。2006年秋天去乌中旗韩乌拉水库，当日天气阴沉，午后更是落起蒙蒙细雨，进入水库时，四面环山，青峻险峭，眼底碧潭深幽，整个画面看上去云蒸雾涌，空蒙灵透，似一幅晕染的水墨画。脑子里旋即浮现出"空山新雨后，天气晚来秋""寒山转苍翠，秋水日潺湲"……真是栩栩如生地展现出了诗中的意境；或者说，是诗生动地诠释了此情此景。

事实上，我不记得什么时候读过这些诗，可是看到眼前的景象，这些诗句就自然冒了出来。因为有了这些诗句，强烈的美感有了出口，有了释放的途径，否则，只觉得景美，却无法言说，岂不是很痛苦。

去朋友家做客，是三十楼，第一次上到那么高的楼，置身夜幕下的阳台上，小时候读过的"危楼高百尺，手可摘星辰。不敢高声语，恐惊天上人"便涌了出来，非常形象。

有年夏天，正躺在沙发上，忽然乌云密布，狂风大作，窗户被吹得噼啪作响……那一刻，没有比"山雨欲来风满楼"更恰当的形容了。

我读的诗很有限，但深谙读诗的好处。有的诗（包括宋词元曲），你感受到的不仅是文字美，而且是画面美，比如，"大漠孤烟直，长河落日圆""两岸猿声啼不住，轻舟已过万重山""枯藤老树昏鸦，小桥流水人家，古道西风瘦马。夕阳西下，断肠人在天涯"。这些句子一出来，一幅画便跃然眼前。

当然，不只古诗，现代诗也有这样的效果，如卞之琳的《断章》，"你站在桥上看风景，看风景的人在楼上看你。明月装饰了你的窗子，你装饰了别人的梦。"

写诗是个技术活儿，不是谁都能干的。那我们有感情要表达怎么办？可以读诗呀！谈恋爱，没有两句诗词傍身，怎么凸显浪漫？

"红藕香残玉簟秋。轻解罗裳，独上兰舟。云中谁寄锦书来，雁字回时，月满西楼。花自飘零水自流。一种相思，两处闲愁。此情无计可消除，才下眉头，却上心头。"

——这样炽热的相思之情，李清照早在八百年前就替你说了，你拿来用，她不会告你侵权。前提是你得读过，你得知道这世上有人说过这样的话，表达过这样的心情。

对写作的人来说，多读诗的好处简直数不胜数，有时候，你废话一千遍，不如直接引用一句诗更贴切，更利落。你描述的情景、状态，古人或者某人早已一言以蔽之。我写《"文字狱"新解》，在描述公文写作的艰难时，脑子里嗖嗖地冒出了"为求一字稳，耐得半宵寒""吟安一个字，拈断数根须""两句三年得，一吟双泪流"这些句子来。连自己都诧异，它们怎么就那么及时地冒出来了呢？真是很惊奇，也很惊喜。

即使不写作的人，多读诗也很实用。某个场合，表达一种感情或者感受，用一句诗最直截了当，却还不至于因为太直白而尴尬。如"醉笑陪公三万场。不用诉离觞……"，酒酣耳热，别离在即，还有比这一句更能抒发情怀的吗？"为君沉醉又何妨，只怕酒醒时候断人肠"，何尝不是一种暧昧的表达。

骨折的极限体验

骨折很可怕吗？对没有骨折过的人来说，恐怕是这样。想想吧，骨头生生地折断，甚至是粉碎，那是什么感觉？会痛吗，痛到什么程度？

2013年6月，骑自行车出去没有三分钟，为避一辆快速驶过的出租车，一个急刹，马失前蹄摔了出去——骨折了，粉碎性的，右脚踝骨。

当时并不知道骨折了，在准备往起爬的时候，回头看到整个右脚拧向了一边，心里暗叫不好，这可玩大了。又想也许是脚脱臼了，去医院接上就好了。被救护车送到医院，拍了片，确定是骨折，而且相当严重，三踝骨折。于此，开启了骨折的极限体验。

因为肿得厉害，一直等到十二天后才做手术，割开，把粉碎的骨头砌住，打了钢板。

往手术床上抬时，听到医护人员说，真重。当然，这不算什么，第二年再次做手术时，中间醒来，还听到过大夫说我脚真丑。

平生第一次做手术，有点紧张，一再央求麻醉师多打点儿麻药。如果麻药可以自由买卖的话，说不定自己先动手了。手术前，还曾觍着脸央求大夫，无论如何把脚给我放回原处。

要手术了，正愁时间怎么熬，麻醉师在输的液体里滴了点什么药，马上就睡过去了。中间醒来一次，刚睁开眼，麻醉师看到，又滴了点什么药，又睡过去了。

进手术室前，侄子和我说："三姑再见！"我没吱声，觉得这话听起来怪怪的。

感觉正睡得好好的，听到有人说，醒来吧，手术结束了。我睁开眼，正被推出手术室。很佩服麻醉师，时间掐得真准。

回到病房大概8点多，一群人把我往病床上抬。从他们吃力的表情可以看出，我的饭确实没白吃。到晚上12点多，麻药逐渐过去，感觉到伤口疼痛，而且疼得不轻。老妈常说我，没脑子的人就觉多。事实证明确实如此，即使疼痛，都没影响我的深度睡眠，只一会儿，又睡得啥也不知道了。再次醒来已经是第二天早上9点多，陪床的二姐感叹："从昨天抬到床上就这个姿势，动都没动一下。"她说这话是有原因的，就在一个月前，母亲做了膝关节置换手术，麻药过后，一会儿坐起，一会儿躺下，一会儿喊疼，一会儿发毛……她以为我也会这样。

其实她根本不了解我，我是一个相当守规则的人。手术出来麻醉师说不要老动头，会头疼。于是，除了眼球动，就完全一动不动了。

手术后第三天，第一次换药。想象着纱布和伤口有粘连，往下扯纱布肯定会很疼。管床大夫过来换药，我带着哭腔连喊带叫。大夫怔怔地望着我，说："你吼叫什么？我还没开始换呢。"我尴尬地说："我先演习一下。"

换药当然疼，但最可怕的却是从导流管里往外挤瘀血，大夫沓着纱布，狠命挤压伤口。那简直疼到你怀疑人生。我紧咬牙关，嘴、鼻子、眼睛、眉头挤成一团，即使如此，还是没忍住吼出了声。这真的是极限体验呀！

以后几次换药，我都不敢去看伤口。有一天换药，大夫拆了纱布就走了，我坐起来第一次看伤口，脚踝左侧一长道子，右侧一长道子。只是奇怪，正面居然有一针，而且只有一针。我莫名其妙地有点兴奋。主治医生过来查房，我兴致勃勃地问："郭大夫，前面这一针，是你友情赠送的吗？"医生毫无表情地回答："那里钉着一个钉子。"

每天活动空间就是床上，要么躺着，要么坐起来一会儿。病房里其他几位女性，有的是手被机器裁去了，有的是指头被机器轧掉了。我和她们的区别是，我不能离开床，但是可以漱口洗脸。她们可以到处走动，但洗脸换衣服非常不方便。

我的床位正对着病室的门，每天盯着门口看，过来过往的不是断胳膊就是断腿的。听到最多的声音是拄着拐杖走动的声音。有一天，我闷闷不乐和陪床的二姐说："每天盯着门口看几个小时，连一个长得好看的男人也没看到。"二姐说："你还有这兴致？"有那么几天，我热衷调戏管床医生，每次换药，没话找话逗人家，很不正经的样子。

有天半夜送来一个女人，是裁木板时把一根还是两根手指裁掉了。大概手术时创口没有清洗干净，几天后化脓了。每天大夫过来给挤脓，疼得那女人大汗淋漓，痛苦不堪。而我的眼泪也会跟着哗哗流出来。

住院期间，我同学过来陪护了一个星期。两人每天嘀嘀咕咕，叽叽喳喳，嘻嘻哈哈……因为说得忘乎所以，常常药液输完了都不知道，看到手腕上血回流，才发现。我说她："你干啥来了，能不能敬业点儿？"但是第二天输液，又因为聊得太投入忘记了。有一天下大雨，她去买早点，摔倒了，衣服脏了，腿也摔破了。我哈哈大笑，说："怎么没把腿摔断，那边正好有一个床位。"嘴上虽然这样说，心里却疼了一下。

医生说可以出院了，因为害怕抽线，死皮赖脸又拖了两三天。其实，抽线也没那么可怕。

一直到10月之前，基本就在家待着，拄着双拐行走。这期间也没闲着，网上买了不少书，半夜不睡觉上空间发动态，与网友互动。最主要的是这个朋友接出去吃饭，那个同学接出去吃饭，嘴没受制。

10月以后，逐渐丢开拐杖走路，脚吃不上力，走得很艰难。有一天尝试去大厦逛逛，转了两圈，就走不成了，心里很害怕，不知道该怎么办。一直在那里坐着，直到商场快要下班了，才挪着走回家。

　　再次手术是2014年10月。下午一上班办了入院手续，便去逛商场了，手术前半个小时回来，换了衣服进入手术室。这一次完全不紧张，只是这次的麻醉师不怎么温和，手术开始时醒着，我让麻醉师给我滴点儿睡觉的药，结果睡了不一会儿，又醒了。再让滴，就不理我了。所以，手术的后半场我就百无聊赖地望着天花板，听大夫说话，听各种器械手术的声音。手术到最后，外面有人催促，让快点，另一个病人等着手术。感觉缝合匆匆就结束了。第三天换药时，看到正面的伤口有半寸长的口子没缝合，就那样张开着，有点瘆人。

　　这次手术后，我没让上镇痛泵，也不吃止痛药。因为我想确切知道，手术之后多久麻药会过去，过去会有多痛（上次手术因为睡得太沉，没怎么感觉疼痛），痛多久会停止？手术出来11点多时，麻药过去了，伤口开始痛，很有节奏感，就像秒表走动的声音。到了早晨8点多钟，就不疼了。不知道是打麻药时有什么不对，还是头天晚上没关窗户，被冷风吹了，手术出来，腰疼得要命，仰面躺着，就和快要断了似的……

　　骨头折断时到底有多疼？其实，并没那么疼，至少我的腿在折断的时候没有感觉。老妈赞我："真是皮实的人，腿断成那样儿，哼都没哼过一声。"我一直考虑，要不要告诉她真相。

关于骨折，还没结束。

2015年夏天，洗漱时，右脚踩住了左脚的鞋带，摔倒了。因为本能要护右腿，倒下时用左手撑了地，手腕立时肿了起来。去医院拍了片，又骨折了，但不是粉碎性的，不用手术。医生说需要打石膏固定。大夏天打石膏，谁受得了呀，我坚决不同意。医生就给配了护具来固定。事实是护具也挺不舒服，戴了没两天就被我扔掉了。结果愈合后，侧面隆了起来，就像树木嫁接处那样。

最好的安慰

腿骨折入院，躺在病床上不能动，朋友和同事们前来探望，各种安慰。

"可怜死了，怎么受了这么大一难……"

"唉，可是受罪了……"

如此种种。

这些安慰不仅无法消除内心的沮丧，反而更令人烦躁。每次还得强装笑脸，对每个探望者回以安慰，"没事，人生嘛，磕磕碰碰在所难免，真没多大事儿……"

"没事，不怎么疼，躺在床上，反而有更多时间读书、思考，正好趁机休整状态呢。"

最后，大家都满意地点点头，赞扬你心态好，是坚强的人……

事实上，嘴上说着豪气干云的话，心里却有另外一个声音在不断地插话：咋这么倒霉的事就被我摊上了？你们一副兔死狐悲的表情，心里真那么悲戚吗？不定想着，哈，这么强势的人，居然就这么轻易倒下了……大概躺得烦躁，我的心态也跟着不健康起来。

当然，也有和以上迥然不同的安慰，气魄相当大。比如一位年长的男性朋友，一进门就笑容可掬，大声喊着："没事没事，你这算什么事呀，我当年经历过的事比你多多了……"然后，一屁股坐在床上，大谈特谈他当年的辉煌事迹。我心想，没事？你来躺这试试，你这是来给我添堵了哇。

有天上午，一位电视台的朋友来看望，捧着一束鲜花，进门就笑意吟吟，问我："把腿摔了？"

我闷回一声："嗯！"一副等死的表情，准备接受他的安慰。谁知这厮倒没怎么安慰，说了点他工作上的事儿，又说到他上小学的时候，有次滑冰车，把腿摔断了，他父亲带他到接骨匠那接上，在家休养了两个多月后，按时间已到了愈合期，他父亲骑自行车载他去接骨匠那复查。到了门口，他从车后座往下一跳，只听"啪"的一声，腿又断了，还是原来的地方。这次可好，被众人抬进去，被接骨匠一顿揉捏。那时也不用麻药，疼得他死去活来。这一次，在家整整躺了一年。

哇，好险，听得我惊心动魄，大汗淋漓。

此君走后，心情莫名地好，无意间还哼起了小曲儿。给我陪床的好友说："不是吧？听到人家也摔断过腿，而且比你严重，你这么高兴？心理可够阴暗哪！"被她说中了——原来我不是一个人在战斗，这世上还有人也摔断腿啊！

某天，一旗县水务局一正一副两位局长来探望，进门就哈哈大笑，对我摔断腿的事各种调侃。我问："你们干吗来了？是安慰我来了，还是气我来了？我腿摔断了，你们怎么也得给个凝重的表情吧。"谁知这两位嘻哈了半天，又相互取笑起来，说有一年他们一起喝酒，硬是把那位副局灌了个烂醉。结果那副局在回去的路上，姿势相当到位地摔倒了，然后，踝骨骨折了。正局骂道："我整整在医院陪了一个月……"

顿时我就激动了！多亲切呀，居然也是踝骨……连位置都和我一模一样。那位副局站起来在地上走了两步，对我说："放心吧，做了手术，一点都不会瘸。"

安慰人这事儿，是个技术活儿。我有一发小，关系相当好，人家生活也很幸福，夫妻特别恩爱和谐。她不大在我面前秀恩爱，估计是因为我单身的缘故。倒是我偶尔会在她面前唠叨，什么一个人好孤单了，没人疼没人爱了，电线短路都要自己修了……很是自怜自哀。她呢，马上会说出婚姻的诸多不是，什么没自由了，生活乏味了，看对方不爽了……哪如单身生活逍遥快活，如神仙一般。如果不是孩子扯着，她早就加入单身行列了。于是，换我对她百般安慰。其实，转身她老公一个电话，她一溜烟就跑回去了，任你怎么挽留都不多待一会儿。每每这时，我就骂她骗子。我俩常干的事儿是，一边吃麻辣烫，一边骂她老公，双方都觉得很过瘾。

　　她常对我说婚姻的不好，但从不放过任何一个给我介绍男朋友的机会。我说，既然婚姻诸多不是，你干吗还撺掇我进去。她的理论是，五斗橱有没有用不要紧，但有了放在那踏实。再说了，别人有，咱也得有，不比谁差。

　　嘿嘿，我以为，这是我听过的，对单身最好的安慰。

对于男人来说，酒与女人最大的区别在于轩昂！

在朋画

猪头肉之前世今生

我们的美女公知刘瑜，在《对猪头肉的乡愁》一文中，深情款款地讲述了对猪头肉的眷恋，她说：

"我在人大上学的时候，吃饭很困难，要排长队，而且去晚了，什么都没了。在那么艰苦的条件下，如果说还有什么能让我振作精神、冲向食堂的话，就是橱窗后面那一盘晶莹剔透的猪头肉。

"要吃到猪头肉，并不容易。

"第一个障碍就是它的价钱，一块六一两，很贵哟。一般来说，只有在某些特殊的情形下才'放纵'一下自己，比如跟男朋友分手了，郁闷地去吃猪头肉；跟男朋友和好了，高兴地去吃猪头肉；跟男朋友既没有分手又没有和好，无聊地去吃猪头肉……"

我一同事，有天心血来潮，突然想浪漫一下，于是下班后买了一瓶昂贵的红酒，并拨通了老公的电话……稍后，老公回来，手里提着半斤猪头肉，俩人喝着红酒，就着猪头肉。

前段时间在微信上和一文友斗嘴，对方不敌，求饶，"口下留情，请你吃猪头。"后率众前往，大快朵颐。

我爱吃猪头肉，我觉得全世界的人民都应该爱吃猪头肉。猪头肉多美味啊，简直不能用语言形容。想想看，一颗煮熟的猪头热气腾腾地从锅里捞出来，割一块蘸了蒜汁放进口里，那感觉，真是口舌生香，妙不可言！

你说猪头肉肥？当然肥呀，可那正是猪头肉的妙处。猪头肉可和一般的猪肥肉不同，其肉富含胶原，无筋膜、无韧带，皮厚而粘，肉软而嫩，可谓绵而不烂，肥而不腻，入口爽嫩，下肚即化。吃猪头肉的感觉，就和你守着一个微胖火辣的女人过家常日子，虽然粗糙简单，但安稳踏实。

小时候，冬天杀了猪，要把猪头吊到房梁上，等到过年时煮了吃。于是，时不时跑到凉房，仰头与猪头作对视状。年节时去了谁家，招待人有一盘猪头肉，真的是很讲究了。最上乘的吃法，是把猪头一直放到年后农历二月二，经过半个冬天，一个正月的风化，水分被分解，肉质有了明显的哈喇味儿，吃起来反倒别具风味儿。当然，烹制也要讲究，需旺火煮沸、文火焖烂，这样才具香、透、软的特色。

别说什么猪头肉难登大雅之堂。淮扬菜系中的"扒烧整猪头"历史悠久，最负盛名。南京正宗的六合猪头肉，早在晚清时就享誉天下。如今的"扒猪脸"，更是一道名菜，要经过选料、清洗、喷烤、洗泡、酱制等十二道步骤、历经十多个小时的烹饪才能上桌。

宋代《仇池笔记》记录："王中令平定巴蜀之后，甚感腹饥，一日闯入一乡村小庙，却遇上一个喝得醉醺醺的和尚。王中令大怒，欲斩之。哪知和尚全无惧色。王中令很奇怪，转而向他讨食。不多时和尚端上一盘'蒸猪头'，并赋诗曰：'嘴长毛短浅含膘，久向山中食药苗。蒸处已将蕉叶裹，熟时兼用杏浆浇。红鲜雅称金盘汀，熟软真堪玉箸挑。若无膻根来比并，膻根自合吃藤条。'"王中令吃着香喷喷的蒸猪头，听着妙趣横生的"猪头诗"，心情大悦，遂封和尚为"紫衣法师"。

有句俗语"提上猪头找不见庙门"，道是什么意思吧？就是提着猪头这么好的东西，却找不到上供的庙。这就奇怪了，庙门？烧香拜佛上供猪头？难道佛祖也爱吃猪头肉？

我看"牵手文字的女人"

微信朋友圈，看到一篇帖子，题目是《牵手文字的女人》，语言旖旎唯美得不像话，是一篇比较成功的心情文字。像这样：

"女人一旦牵手上了美丽的文字，就是那块吸满了水分的海绵，汁浓液稠。沉甸甸的是那份千年的秋色才情，似红枫如林，似月华满地。李清照的一阕阕婉约宋词，张爱玲的字字如玑，萧红的浪漫华美，林徽因的如歌如烟。"

或者这样：

"男人们说：美女养眼，才女养心。眼和心是两个不同的概念，眼需要滋润，心更要丰厚。文字中的女人，是可以做到心灵的丰盈的，心的空间已经被一句句美轮美奂的文字所填满。她可以永远做那粒珍珠，而不会像美女在容颜老去、铅华洗尽后变成了鱼眼。"

怎么样？够甜腻、够滋润吧？尤其是搞文字的女人看了是不是只有两个字——舒坦？

可我看到的，却是不切实际的幻想，这就是一篇彻头彻尾充斥着幻想的文章，作者一番呢喃自语，即使隔着屏幕，也会让你有强烈的无力感。

能写出这样文章的人，首先肯定是搞文字的人，多数也是女人。只是不知道这位作者哪来那么良好的自我感觉，以至于说出这样不切实际的话来。

有段流传甚广的话，男人更注重女人的外表还是思想？答："外表决定了我是否想了解她的思想，思想决定了我是否一票否决她的美貌。"这个还算说得客气。王尔德说："个性善良不如长相美貌，不过个性善良总比长得丑好。"有人开明宗义地说："谈恋爱要才女干吗，吟诗作对？那请秘书好了。谈恋爱当然要好看的。"就连老舍先生的择偶态度都是"……学问也不是顶要紧的，因为有钱可以自己立个图书馆，何必一定等太太来丰富你的或任何人的学问……"

这也道出了很大一部分中国男人的心理。大观园里如果举办一个"最想娶回当太太"的民意调查，文笔最好的林黛玉未必能获第一。

西汉著名女作家班婕妤，善诗赋，有美德，够厉害吧？但遇到能歌善舞的绝色美女赵飞燕还不是输得一塌糊涂。张爱玲绝世才情，也没能令胡兰成一往情深；六六文笔彪悍，也没挡得住老公移情。如果林徽因长相粗鄙，她的《人间四月天》写得再美，和徐志摩的爱情也未必会传为佳话。看过一篇文章，作者说，"我真想不出来王小波这样的天才为什么会把那样的情话写给李银河。"哦，就因为李银河相貌欠佳连才子王小波的情话也不配了？李银河是才女好不好？

才女老了是一粒珍珠，美女老了就是死鱼眼？这心态够牛啊。才女和美女是对立的吗？西芹和玫瑰有可比性吗？一定要比，我看赵雅芝、米雪一干已届花甲之年的美女，比方方、迟子建等同龄才女更具姿采呢。

说什么"搞文字的女人会比其他女人活得精彩和靓丽"。

恰恰相反，写作，是一个人的战斗。选择了文字，便选择了孤独——心灵的孤独，灵魂的孤独。从事文字的人，需要大量的时间阅读、思考、执笔，这就意味着用在其他方面的时间和心思非常有限。

我一从事写作的好友说，他将来不会让女儿从事文字，随便学个其他什么技艺傍身，过平常的日子。他认为，女人搞文字，容易不幸福。他所指的不幸福，大概是说从事文字的女人，心高气傲，遗世独立，多不走寻常路，不易获得世俗眼中的幸福。

社会呢，会因为你是搞文字的女人就青睐有加吗？怎么省部级干部里，不见一个女作家呢？单位提拔干部，不因为你是搞文字的而独具优势，还不是一样靠辛辛苦苦的工作？反倒是搞文字的女人因为有思想，个性独立，不肯曲意逢迎而与周围的环境格格不入，常常处于劣势。

　　事实上，会摆弄文字就和会财会、会烹饪、会其他任何一项技艺的女人一样，男人或者社会，并不见得因为你是搞文字的女人而格外厚爱你。女人的美貌和才华哪个更容易获得男人的青睐，前者往往占上风。任何一项技艺达到出类拔萃的程度，都会引起别人的刮目相看，不独文字。

台湾的小细节

　　台湾的美丽自不必说，山美，水美，街衢美。可是，台湾留给我最深记忆的，却不是明山秀水，而是一些小小的细节，就像一部电影，某个主角一个不经意的温柔眼神，触动了你；多年后，你可能会忘掉那部电影的情节，但你永远记得那个眼神。

　　2012年3月去台湾，傍晚飞机降落桃园机场，来接机的导游带一行人去预订的宾馆。看行程单上，第一天住宿的宾馆是新北市的"美丽春天大饭店"。"美丽春天"？好诗意的名字！我不禁感叹：这怎么可能是一个饭店的名字呢？饭店抑或酒店，不是应该叫作"王府饭店""国际饭店""中环国际酒店"之类的吗？大概在大陆看惯了这类名字，"美丽春天"这样颇具诗意的句子用作饭店的名字，心里有异样的感觉。车子很快就到了饭店门口。那天刚好下着雨，雨滴落在地上溅起水花，在华灯的照耀下，晶莹璀璨。烟雨中，"美丽春天大饭店"看上去秀丽典雅，有一种婉约的美。忽然觉得，建筑物也是有性别之分的。

这应该是四星级的饭店吧？屋内宽敞简约，配有原木家具和独特的艺术收藏，古典、优雅、细致。

在房间的卫生间，发现一个有趣的现象，卫生间并排安装两个马桶，一个是我们常用的那种马桶，另一个很特别，既没有盖子，也没有马桶圈，就那样敞着沿子。两个马桶？我和同住的郝工纳闷起来，然后，两人开始猜测两个马桶的用途。郝工说，应该一个是用来小活动的，一个是用来大活动的。我不同意，"这边上完小的，再挪到那边上个大的，岂不多此一举？"我说，肯定一个是给男士用的，一个是给女士用的。郝工认为不可能，根本没这必要嘛！

最后两人达成共识：怕客人上厕所无聊，弄两个马桶，两个人同时上，一边如厕一边聊天。

到楼下用餐，碰到导游，禁不住问起来。导游说，那个没有盖儿的马桶，是专门给穆斯林准备的，针对特殊的民族信仰和习惯。我和郝工感叹：想得还真周全啊！

餐桌坐定，桌上人又议论起来……因为每个人前面，都摆着一大一小两双筷子，小的和普通筷子无异，那么那双大筷子是干吗的？问导游，导游回答："大的那双是公筷子。"马上有人跟着说："哦，我知道了，小的这双是母筷子！"众人笑起来。

台湾公厕的男女标识也很特别，男的着清朝官员的服饰，女的着清朝格格的服饰。红绿灯的设置更是有趣，当绿灯亮了，上面有一个小人儿昂首阔步，作走路状；随着时间推进，步子逐渐加快；当时间快到了，小人儿弓起身子小跑起来。

这里，一定要提台湾的导游。负责我们一行的是一位黄姓导游，看上去三十岁不到，有着典型南方男人的特点——清瘦，白净，温和。整个行程讲解非常出色，不仅普通话流利，而且知识渊博，旁征博引，既生动又风趣。在涉及大陆与台湾的政治立场和历史敏感事件时，处理得非常得当，既不流露个人情绪，也无明显的立场倾向，倒是间或夹杂的调侃引得笑声不断！

在日月潭，黄导游自掏腰包给大家每人买了一颗闻名遐迩的"阿婆茶鸡蛋"。

游花莲太鲁阁，沿着立雾溪峡谷的"东西横贯公路"而行，我因为太过专注欣赏两边雄伟壮丽的风景，不知不觉脱离了队伍。走出了多远，自己也不清楚，手机又不通，正茫然四顾，看到人流中急匆匆赶来的黄导游。找到我，他面露欣喜，说了句："我好担心哦……"这让一向看惯导游冷脸的我，顿时心里热了一下。

将要离开时，问了黄导游的年龄，得知他四十岁，是两个孩子的父亲。

　　台湾七日行，只是浮光掠影，但每忆及此，都会忍不住笑出来！那些小小的细节，让人觉得温馨而感动。

单就单着呗，只要你乐意

按照中国人约定俗成的观点，有婚姻的女人不一定幸福，但没有婚姻的女人肯定不幸福。所以，人们对单身女性，基本一厢情愿，独断专行地判决了死刑——比如，孤独、无助、乏爱、缺少性生活、日久天长心理扭曲等。或者根据自己主观臆想，揣测单身生活的种种不幸或不堪，如同一个嗜肉者揣想素食者的饮食状况。

人们可以接受一个女人在婚姻中过得灰头土脸，也不愿看到一个单身女人活得意气风发。凭什么呀？有男人、有家庭还千疮百孔，你一个单身应该整日愁眉苦脸、怨天尤人、自怜自艾，自觉低人一等才是……事实上，我所认识的大多数单身女性，活得都很不错。她们经济独立，人格独立，兼具广泛的爱好，身边有志趣相投的朋友，也不乏相处稳定的异性。她们不排斥婚姻，但也不把婚姻看作幸福的主旨和人生存在的全部意义。在她们看来，婚姻是一种生活，单身也是一种生活，身在什么生活中过什么生活，过好什么生活才是王道。

有人说，离婚率上升是人类文明进步的标志，不能说完全没有道理。经济的独立，知识层次的提高，使愈来愈多的人选择不在低质量的婚姻中消耗自己的人生。和以前的同学朋友聚会，问起来，有一半离婚的，这其中包括我认为当时情比金坚爱似火焰的。没离的也特征不一，有的是欢喜冤家，有的貌合神离，有的视若仇敌。

婚姻是个好东西，是指好的婚姻。什么是好的婚姻呢，首先是彼此相爱结合，相互关心体贴，三观相近，志趣不能说完全相投，至少双方能接受。但这样的婚姻并不是人人都能有幸得到的。有的似乎当时得到了，走着走着分崩离析了。

这个世界，能带给人甜蜜感的，是一种叫爱的东西，而这种东西并不因为有婚姻就一定存在。所以，如果不是因为爱，钱又足够花的话，为什么一定要结婚呢？为安全感吗？那是内心世界有多羸弱啊！为生孩子吗？单身也可以生孩子啊。

再者说，一千个人眼中就有一千个哈姆雷特，猴子喜欢成群结队，狮子独步荒郊，有什么标准呢？

一个婚内人士说单身很好，她是真的，因为她可能正被无休止的家务、责任、争吵搞得焦头烂额，心力交瘁。一个婚内人士说单身不好，她也是真的，因为她可能正享受着夫妻恩爱、家庭和谐。唯独单身不能说单身好或者不好，你说单身好，人们多数认为你嘴硬，强撑。你说单身不好，那正合某人之意，除了大表同情之外，捎带赠送点做人哲理。这是社会对单身的歧见。

对单身最好的关心不是过问，而是不闻不问。有些人对单身者有着超乎寻常的热情，反令对方反感。我一单身好友最擅长干这样的事：当有人在耳边大呼小叫："你还是一个人吗？咋不找对象呢？赶紧找啊……"好友回答："我正攒钱呢，攒够了找。"那人说："找对象又不是买东西，攒钱干吗？"好友说："你也知道找对象不是买东西啊？！"

有一种人，似乎特别喜欢从单身那里寻找优越感。吃顿饭吧，只要有单身在场，总能把注意力转移到这个话题上，反复强调单身有多不容易、单身多可怜。我就问："你又不是单身，你怎么知道单身多可怜呢？"她就会列举很多个例子来证明单身的种种不好，比如有个病痛没人照顾了，寂寞孤独了。我说："头疼脑热，自己也可以倒杯水喝药，再大的病直接去医院，再再大的病，别说配偶，医生也救不了我。至于寂寞孤独嘛，你认为的寂寞，未必就是别人的寂寞。尼采的孤独，和前村二狗子的孤独一样吗？"

一个文明的社会应该是多元化的社会，允许有白皮肤的人，也允许有黑皮肤的人，还可以有黄皮肤的人；允许有人结婚，也允许有人不结婚；允许有家庭生一堆孩子，也允许有家庭丁克；允许你是异性恋，也允许你是同性恋；允许你已婚丁克，也允许不婚生子，不能拿某一种价值观和生活框架作为衡量幸福与否的标准。

单身无所谓好与不好。想结婚就结，反正不是每一桩婚姻都与爱情有关。有人愿意单身，单就单着，只要你乐意，冷暖自知。让上帝的归上帝，让恺撒的归恺撒。

美是由心而发的·至少心态要对得起世界·证明·

再强悍的女人，也会受制于爱情

张爱玲说："见到了他，她变得很低很低，低到尘埃里，但她心里是欢喜的，从尘埃里开出花来。"

这是张爱玲写给胡兰成的。可以说，这句话张爱玲表达的不只是她自己的感觉，而是天下所有陷入爱情中女人的状态。

张爱玲是何等清冷决绝的人。她和唯一的弟弟同住一个城市，弟弟去看她，都可以避而不见。离开大陆时，没和弟弟告别一声。母亲临终前，写信给她想见最后一面，但未能如愿。晚年甚至断绝与任何人往来。

就是这样一个冷漠、孤高的女人，不惜千里迢迢只身南下温州寻夫。当看到所爱的男人与另一个女人恩爱缠绵时，也会像所有世俗女人一样，逼对方做出选择。即使明明知道对方已背叛自己，仍然在绝交信中，附上自己三十万的稿费，希望给他的逃亡带来一些便利。

她真的很低很低，低到了尘埃里。

张爱玲和胡兰成的爱情一向为人所诟病。特别是后人拿张爱玲与林徽因的爱情相比，认为张爱玲情商低，眼光差。我觉得这才是真正的思维狭隘。以张爱玲笔下塑造的那些人物来看，张爱玲决计不是一个低情商的人。张爱玲后来决意离开胡兰成，任胡兰成怎么花言巧语，一概不理，甚至懒得回一个字。

让张爱玲放下身段的，是爱情。爱情褪去，理性回归。

我有一个朋友，性格特别男性化，耿直随性，大大咧咧。可是有段时间，整个人都变了，变得非常温柔沉静，连眉梢眼角都散发出一种光辉，一种充满母性的光辉。平日连自己都照顾不好的人，也知道了呵护别人。一贯远离庖厨的她，居然日日下厨房，洗手做羹汤。原来那段时间，她爱上了一个人。让她变柔软的，是爱情。

曾经认识一个女人，非常厉害，人长得很普通，但天生具有一种征服男人、控制男人的魔力。身边从来不缺少鞍前马后、心甘情愿听任差遣的男人。可是有一天——她沦陷了——爱上了一个人。然后，她的智商就化整为零了。明明这个男人五大三粗，相貌粗鲁，她偏觉得是高大威猛，有男子气概，甚至连络腮胡子在她眼里都成了艺术范儿。明明这个男人不务正业、混迹江湖，她倒觉得是豪气冲天、古道热肠；明明这个男人满嘴谎言，糊弄她，她却像吃了迷药死心塌地、欲罢不能。

最后的结果是，这个男人挥霍了她一笔不菲的钱财后溜之大吉了。她受到了重创，很长时间恢复不过来。

　　有天我问她，你有没有后悔。她说没有，因为她那时很爱这个人，看到这个人向她走来，她的心都会怦怦跳个不停，那是其他男人从来没有给过她的感觉。

　　再强悍的女人，也会受制于爱情。

　　有的女人遇人不淑倾家荡产，更有甚者为爱所伤饮恨自杀……人们总以世俗的眼光嘲笑她们，其实哪里知道，她们不是傻，她们只是输给了一种叫爱情的东西。是爱情蒙蔽双眼，混淆心智。

　　爱情是蜜，但也可能是毒。毒品对身体有害是人人知道的，有人偏偏欲罢不能。爱情亦是，明知道这个人在骗你，依然含笑饮砒霜。因为在千万人中，只有这个人可以令你心旷神怡，热血偾张，多巴胺暴涨。

红豆生脸上，春来发几颗……

座明

踏青去

有比减肥更容易的事儿吗

每年夏天都要郑重其事、例行公事地减肥一次，今年也不例外。

6月中旬开始，进入减肥模式，操作流程：每天清晨到河套公园走三圈，大约五六里。早晨喝一碗稀饭，午饭正常吃，晚饭取消。如此数日，顿感身体轻盈，步履矫健。且惊且喜，赶紧找了秤来称——哇，瘦了一斤。顿时信心满满，革命豪情倍增。须知往年减肥，都是数日之后，涨了两三斤。

既有如此成效，干脆连早饭一起取消，肉也很少吃了。心想，这样下去，过几日岂不是瘦得更多？想着就忍不住笑出声来。

如此一直到8月中旬，再次上秤，果然——不出所料——涨了五六斤。比往年翻了一番。不禁仰天长叹，宿命啊宿命！

曾经写过一篇减肥的文章，总结说，减肥难，难于上青天。今天再总结一句：撼山易，撼脂肪难。天生的易胖体质，即使忍饥挨饿一个月，最多也就瘦一两斤。但是你饱饱地吃上两顿饭，三四斤就上去了。当然，这不是最重要的，最重要的是心理问题。既然减肥，当然得控制饮食。但很奇怪，自从取消了晚饭，吃午饭的时候，就本能地、不自觉地要多吃。以前一顿饭一碗米饭，开始减肥后，总忍不住再去盛一次。大概潜意识里，知道吃完这一顿，下一顿要很久以后才吃。还有，人在控制饮食的状况下，会很忧伤，总是闷闷不乐，做什么都没心思。走在街上，常常会生出巨大的苍茫感，类似"前不见古人，后不见来者，念天地之悠悠，独怆然而涕下"的感觉。和好友网上聊天，一不小心就会冒出诸如：你晚饭吃的什么？哪里哪里的火锅不错哟……上饭局，再三告诫自己：就只坐坐，我不吃，肯定不吃。用不了十分钟，改成：就吃几口，吃几口就不吃了。再后来，就改成：今天吃，明天不吃。吃一顿半顿是不会长肉的。事实上，每年夏天朋友们都很配合，饭局特别多，尤其请吃烧烤的多，点的都是我最爱的红柳烤大串，爆炒鱿鱼须，麻辣小龙虾……因此，到了最后，口中的念念有词就变成了：快吃哇，又不是吃不起。

减肥的最后一道关隘——馋。越是吃得清淡，越是憎恶清淡。每天吃午饭前，脑子里不断冒出：炖羊肉，炖鸡肉，炖猪骨头，涮火锅……挣扎，抵抗，战斗，胶着。索性革命意志坚定，有一次居然坚持了一个多星期没有吃肉。有一日大概中午吃得不是很好，到了晚上八点多就感觉饿了，怎么办呢，当然是吃水果咯，这似乎已经成了一个减肥不明文规定。可是，看到桌子上的一堆水果，胃口全无。只想着，要是有只烧鸡多好啊。这时，马上有另一个声音冒出来：不行，要坚持，否则，瘦不下去。一直胶着到十点，睡意全无，饿感更强。感谢老天爷，顿悟就在一瞬间。就在满脑子都在作空想状时，身子一跃而起，进入厨房，从冰箱取出一袋羊肉，放入锅内，拧火开炖。至晚上十二点，肉熟，满屋香气四溢，感觉就和过大年一样。那一顿肉，成为我近年吃得最香的一顿肉，整个过程可以用快活来形容。

再次躺在床上，幸福感爆棚，心里想，上帝啊，就算这一刻你让我死去，我也无怨无悔了。

这世上，有比减肥更容易的事儿吗？

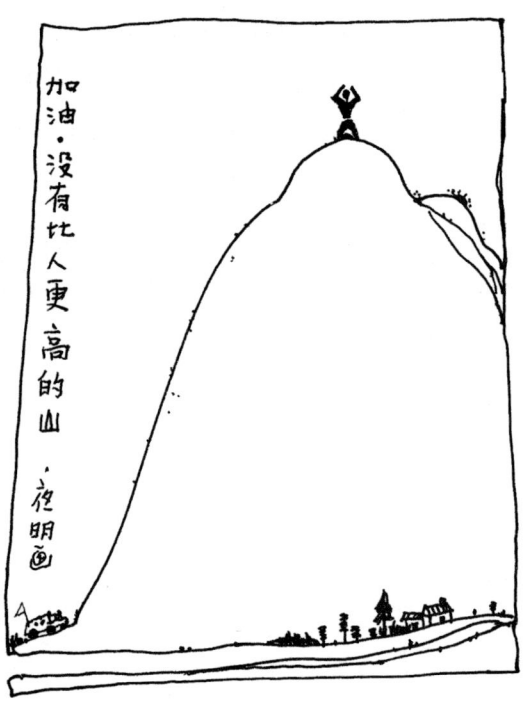

加油‧没有比人更高的山‧在明画

自作新词韵最娇，小红低唱我吹箫

　　"自作新词韵最娇，小红低唱我吹箫"，是我的QQ个性签名。是宋代诗人姜夔《过垂虹》一诗的上两句。有人不明白，问是什么意思。我让猜，于是，就各种猜测，但没一个猜中的。

　　答案是，我一个办公室的同事叫张晓红，这两句诗，是用来形容我和她在工作上的配合及日常相处的。

　　在旧办公室时，我和晓红背靠背，搬进新办公室，是并排。我和她说，以前咱俩是前攻后守，现在是并肩作战。我们两个同年，且都是2009年调回科技文化处，一个搞科技，一个搞文化。她是科技标兵，我是文化标兵，她是组织委员，我是宣传委员，她负责杂志《河套灌区·科技与文化》科技版面，我负责文化版面。所以说，用战友这个词形容真是一点都不过分。虽说在业务上各管一行，交集不多，但是日常工作中却是息息相关。我有科技方面不懂的事，都向她请教，她有时候也会问我一些文字上的事。两个人常常一起出门，上面来人一起接待，有活动一起安排。她开玩笑说她和我见面的时间都超过和她老公了。

晓红是理科生，做事一丝不苟，井井有条。我就有点粗枝大叶，抓大不抓小，散漫随意。但是这反而使我们在一起很默契，安排活动，或者出门，都是她拿主意，具体操作，我一般是辅助。特别是出门，她操心的多，照顾我的时候多。而我，心安理得听她安排。她很自然进入她的角色，我也很自然进入我的角色。处里的人，也都知道我们俩这种不同的风格和性格。有一年我们几个同事一起去都江堰，后刘处和另外一个男同事要去漂史杭，我和晓红去其他地方。走时，刘处安顿，晓红把小余招呼上，不要丢了。果然一路上订票、联络，都是她在操心。

2011年两个人去九寨沟，到了黄龙旅游区，走了没多久，我就不想走了，一屁股坐在地上。她就百般哄我，说前面的风景有多好看，水有各种颜色。我说多漂亮我也不走，最后她只好一个人向前走。她走了以后，我坐在地上，百无聊赖，再加上高原反应，身体不适，十分寥落。于是，不住地向她回来的方向张望。一个多小时后，看到她的身影出现，我站起来迎了上去，欣喜之情无以言表。

两个人从成都坐火车回临河，一路上她说东，我就说西，憋着劲儿和她唱反调。车到磴口了，我说："我不和你抬杠了，一会儿你老公来接你，我还要蹭车呢！"

有人说，职场没有真正的朋友，但这不是绝对的，至少我和晓红不是。一是一起这么多年，朝夕相处，时间积淀下了情分；二是她人非常好（我人也不赖），待人以诚，对你的关心也是真真切切的。这么多年，我们不仅没有芥蒂，还有着深厚的感情。

我和晓红的名字，有一个梗。平时聚餐，或者处里有接待，两人坐一个桌吃饭，有男士坐在我俩中间。我就说，你知不知道你现在坐的位置有多厉害？是倚红偎翠，知道吧！

我问晓红，你知不知道我们两个名字合在一起怎么念？是"翠红"。翠红，听起来是不是很耳熟？嘿嘿，我不说，你懂的。

女神的模样·清晰又模糊·己亥年到·亚明·

数学盲

　　我对数字，天生不敏感。就是说，其他人5岁就能数到100，我得7岁，或者更晚。父亲在数学方面有着极高的天赋，尤其算术，无论是口算心算，都异于常人，你说出一个两位三位数的加减，你话音刚落，他就算出来了。即使是乘除，算得也是极快。算盘打得更是相当漂亮。也因为这个本事，年轻时被选中当村里的会计。而我，就是父亲天赋的一个背叛基因。从小学一年级起，就表现出了数学方面的迟钝，到三年级，只学会了简单的加减乘除，什么四则运算之类的，完全不会。三年级以后，数学更是一路飘低，打三五十分是高分了，十几分、几分是常事。有过拿到数学考卷一题不答，写上名字就交了。

　　在我求学的历史上，数学及格的时候少，所以，教过我的老师，对我的印象无他，唯学习差耳。

　　到了初中，代数基本就荒了。好在父母开明，放出了话：

这娃脑子不好使，能识得两个字就不错了。因此，学习不好，却从未受过父母责骂。

我听过很多没有读过大学、从商务农的人说，后悔当时没有好好学习，要不现在也是一坐办公室的。我从不说这种话。我觉得天资才是主要的，即使有个时光穿梭机把我从现在带回过去，我相信我学习还是差，尤其数学。这不是用不用功的问题，一个字，笨。再者，天性不爱学习，从一年级起，就愁上学，就盼放学，总幻想有一种衣服，穿了老师就看不见我，从此上课不用被提问，放学不用写作业，考试可以抄同学。所以，完全不存在因小时候没好好学习的后悔。

所幸，人生的志向也不是很远大，想着将来摆个摊子卖瓜子、豆豆，这脑子也就够用了。你想，一斤瓜子2元，你给我5元，我找你3元。这个是可以算得出的。而且还可以一边嗑瓜子，一边和旁边修自行车的翻闲话，是不错的职业。

数学不好，一般是看不出来的，但买东西时会暴露。比如买菜，首先我不会看秤，每次买菜，必先问一句，这个多少钱一斤？对方回答多少钱。我就把菜放到秤上，一本正经盯着秤，眉头微蹙，目光乜斜。等称完后，抬头看着卖菜的，语气冷冷地问：多少钱？他说多少，我就付多少。其实，我既看不出斤秤，也算不出多少钱。不知道这些年，有没有被卖菜的哄过。

以前时兴扯布做衣服，我一般去了先问好布料一米多少钱，把价格敲定了，再问所做衣服需要多少布料，问完就走了。干吗去了？当然是躲在角落里算账啊。比如一米布料是11块5毛钱，我扯一米零五，先把11块5一米的整数抛开，算剩下那0.05米。一米是11.5元，那10厘米就是1.15，1.15除2，再加上11.50元，不就是布料钱吗？但算的过程比较长，要算好几遍才放心回去。这样做的结果是，你走时，对方会瞅眉剜眼，你返回来时，对方又会喜眉笑眼。

三十来岁，学人家打麻将。打麻将嘛，当然得会算账了。开始不会，别人算多少就是多少，手又臭，输多赢少。但心想，怕啥，总不至于你们三个合起伙哄我。后来牌技日益娴熟，再加上偶有赌运，连连坐庄门清自摸，这时我就不凭信了。心想，我输时，你们三个是有输有赢，算账当然是各算各的，但是我赢，你们都是输家，成了一个阵线的，那有没有可能合起来少算我（不排除我以小人之心度她们之腹）。于是，我就开始自个琢磨着算，推倒三个，砍加一个，门清翻番，自摸翻番，每坐一庄加两个。一开始是拿着笔算，问题是人家早算出来了，我还在算，且这种明显不信任的态度遭到大家鄙夷，智力也被质疑。有人就会冒出这样的话："这么简单的账你都算不出来，数学老师是被你气死的吗？"

事实上，凡事就怕用心，且熟能生巧。听她们算得多了，就掌握了基本算法。后来我算的速度甚至超过了某些中老年妇女，连坐三庄四庄也能随口算出输赢多少。所以说，再笨的人，放到人民群众中去，也是会得到锻炼的。

刚参加工作时，正好单位有一个出纳的空缺，就安排我去这个岗位上。这下我就头大了，让一个知道"7+8=15"没多久的人去当出纳，这不是让猴子去当生产队长吗？但是"时也，命也，运也，非吾之所能也"，只好硬着头皮接下来。父亲先教我记现金账，再教我打算盘，抄了几大页的口诀让我背。这东西背起来倒是顺口，但个中原理根本弄不懂。父亲痛心疾首，决定放弃。这时，我二哥上手了。他把算盘拿到我跟前，把下面的珠子往上拨一颗，告诉我这是一，把上面的珠子往下拨一颗，告诉我这是五，加起来是六，然后……我就学会了。后来算盘打得还不错，当了四年出纳，没出纰漏。

我一同学，算账一流。我和她相比，相当于一个是进化过的人类，一个是没进化的猿猴。有次雇人擦玻璃，我使用了办事处给老年人发的代金券，每使用一张一百元的代金券，个人拿20元现金。我和人家讲，我多给你几张代金券，你少算我点现金。擦完玻璃结账，我就开始按我的理解算，但是好像和对方的算法不一样，有了争执。那个女人急赤白脸，说我是不是没念过书，一听这话我当然不让了，就吵起来了。这中间我同学插了几句，擦玻璃的就和我说："我不和你说了，和你说不清楚，我和她算。"我同学三言两语就算妥了，付了钱让走人。人走后，我同学说："我早就听不下去了，你算的那是什么账。"我说："我算账慢嘛！"她说："你不会算账你倒知道给自己往里算了，一分钱的亏都不吃。"

人吧，就是你缺啥就爱啥。从小对理科男就青眼相看。一个男人能弹一手好琴，写一手好文章，我倒没觉得什么，但是能算得一手好账，就很令我神往。有一年就因为看到一位男士在结账时那个麻利，还暗恋了人家好一阵子。想想吧，和一个会算账的男人在一起，多有安全感。

人们常说年轻时学东西快，中年就不行了。我倒不觉得。时至今日，我算账的水平可以说很厉害了，基本你能算多快，我就能算多快。是智商提高了吗？当然不是，我现在用手机算。

68

没文化有多可怕

没文化有多可怕，是昨天晚上才感觉到的。起因是在一个读书群里，和一个不知什么来头的诗人吵起来。这位诗人当日在群里发一些极其低俗且歧视女性的段子和图片，我说了句："这种笑话发这样的群里，太低俗，还是自己收藏了私下欣赏比较好。"

对方："有些人就是装。"

我："你自己觉得好，那你继续发。看你那个胸怀！"

对方："你不看可以删除嘛！至于谈什么胸怀，你也配！"

我："你继续在这里发挥，恕不奉陪。"

对方："林子大了什么鸟都有呀，我又没干涉什么人，无非就是娱乐。"

我："你脱光衣服去大街上溜达，确实没干涉什么人，但是有伤风化，而且污染了别人的眼。"

对方："以小人之心度君子之腹。小人长戚戚。"

于此，骂战进入白热化，而我明显处于劣势。就在这节骨眼儿上，我脑子里倏地冒出一个词，一个能恰如其分回击他又能展示我水平的词。内心一阵狂喜，可就在输入这个词的时候，傻眼了，我不知道这词怎么读（我不会用五笔）。

这一停顿，形势急转直下，对方已经骂出了诸如："你算老几啊？哪座山的葱！""老子出道时你还穿开裆裤呢，你也配谈理论，好男不和女斗……"

而我，依旧在埋首苦思那个词到底怎么读呢。

好吧，终于琢磨出来了，回到群里一看，已是一派歌舞升平、其乐融融的景象。对方大获全胜，早就鸣金收兵了。我呢，只好懊丧地把那个词生生地咽回肚子里。

那是个什么词呢？就是《水浒传》里鲁提辖骂镇关西的——腌臜泼才。

有年，和音乐人朱永飞聊天，不知道怎么聊起了历史，似乎是谈到东汉末年，然后我就状态很好地发挥起来，犹如滔滔江水，绵绵不绝。说的中间，使用了个"白骨千里，饿殍（我读fú）遍野"的词，我当时很肯定地以为这个字念"fú"。

朱永飞表情诧异地瞟了我一眼，插了一句："是饿殍（piǎo）遍野。"我就有点恼了："难道我会念错字吗？'殍'这个字，哪点长得应该念'piǎo'？明明应该是'fú'

嘛。我八岁开始就这样念了，难道会念错不成？"

不服气查字典，确实是"piǎo"。

去年年末，处里开年终总结会，由我来宣读文字总结材料。

开始部分是科技方面的，其中读到了"精量化供水阈值试验，土壤墒情、测流自动化设备的率定和功能完善，农户用水信息终端的推广使用等实现了技术集成"。

没错，我读错一个字——阈。我把阈"yù"读成"fá"。

我们处长随即纠正。我抬头翻了个白眼，表示尴尬。接着继续念，结果一会儿又碰到了这个词，很自然地又念成了阈"fá"值。处长又赶紧纠正，是阈"yù"值。

好吧，是阈值，我记住了。可是，难道只有我一个人觉得阈和阀长得很像吗！

一次吃饭，一个女同胞死活不肯动筷子，问缘由，说最近在辟谷。请注意，她说的是辟"bì"谷，我一听就炸了，大声说："那是辟'pì'谷好吧！"对方就很不高兴地说："还是你有文化，我不知道那念辟'pì'谷。"我赶紧上网查……好吧，是我没文化。

抬得一手好杠

我一女同学，初中毕业，性格还算文静，但是，却抬得一手好杠。你和她在一起，总能听到她嘴里冒出顶你的话，但你又不以为忤，只觉得有趣。比如，她隔三岔五就在小区门口肉店买肉，但她自己却非常苗条纤瘦。肉店老板就调侃她："你天天吃肉，怎么吃得这么瘦？"她就很自然地回答："那说明你家的肉没营养哇！"老板立即收声。

有次同学聚会，散场她和另一个男同学同路。这男同学酒精上脑，一路上言语轻佻。两人同年，她略大他几个月。这男同学就让她称呼他哥。她说："我比你大，不应该喊你哥呀。"男同学说："你个子没我高，当然应该叫我哥。"她就来了一句："你妈还没你高呢。"此类例子多了。基本她一出口，就能把你噎死。

我和另一个同学说起这事，同学说："你说人家？你还不是一样？”

我大感诧异：“温婉斯文如我，也有和人抬杠这毛病？”
她说：“何止，有次你说去逛街了，我问你：‘一个人？’你回答说：‘当然一个人，难道还半个人？’你说你刚刚上床，我问你：‘躺的了？’你说：‘难道还站的了？’有次看你吃胖了，我说：‘你有肚子了。’你立即来一句：‘你没肚子？没肚子你胸下面就是腿？’你上楼找我，我问你：‘步走上来的？’你回答：‘那还打车？’”

同学说：“我一口气能给你举出十条。”

抬杠是个技术活儿，不一定与文化高低有关，但绝对事关天赋。小时候村里有个抬杠高手，被称为“杠头”。有人备了酒菜请杠头和众人抬杠，没有抬得过的。典型例子是：种土豆，有人给年轻人指导怎么种，说一定要眼儿朝上埋到土里才会长出来。其他东西也都一样。那人就接话：“死人埋土里都眼儿朝上，怎么没见长出来一个来？”

某男三十岁，未婚无对象，一日出席婚礼，被问：“你参加别人婚礼没有想结婚的念头吗？”答：“难道你参加别人的葬礼会有想死的念头吗？”

不知道这算不算抬杠九段。

据说历史上抬得一手好杠的是唐三藏。当年唐三藏在印度求学，击败了无数印度辩论高僧而声名大振，圈粉无数。

走四方·黎明.

我家出文人

"余"这个姓氏，在我生活的这个小地方，是非常稀少的。即使在全国而言，也应该不算多，比起赵钱孙李，周吴郑王就相差十万八千里了。何况，余姓，也实在是一个名不见经传的姓氏，历史上几乎找不出什么大人物是姓余的。查了查，倒是从明清至今，有姓余的将军，但似乎也没什么名气。

因为奇缺，忽然碰到个姓余的，便有他乡遇故知的感觉。其实问到籍贯，八竿子打不着。

去年秋天，车后杠刮擦了，报了险。手机短信提示出险的是一位叫余龙的，不禁哑然失笑。一会儿那位出险员到了，是一个很英俊的小伙，态度极好。这位小伙把我的车前后上下仔细检查了一遍，把一些轻微擦痕和划痕都拍了照片，最后定损680元，超出了预期。临走时说，看到报险单打的是姓余，便觉得十分亲切。看来，还真是沾了同姓的光。

有次一帮朋友吃饭，不知谁出了个主意：比比谁的姓最厉害。比如，谁家的姓当过皇帝、大官，至少是青史留名的。首先胜出的是刘姓——大汉朝的建立者啊，是中国历史上最威猛的朝代。汉人的称谓，就是打那来的；接下来自然是李姓——唐朝皇帝；然后是赵姓——宋朝皇帝……

一位姓王的朋友罗列了诸如王羲之、王安石、王国维等一大堆名人……大家都说不如皇帝大。于是，那位终于也说出了一个皇帝来——王莽。众人窃笑，倒也算一位皇帝。轮到我这里，或许是孤陋寡闻，或许真没出过大人物，反正绞尽脑汁也没想出个人名来，皇帝就更不用说了，甚至连个有名的大臣都没有。最后一急，问，余额宝算不算？

祖宗没出息，累及后人，输了一大杯酒。回家后，和老父聊起这事儿，老父说，好像是出过一个翰林的。我急问，可有据可考？哪个朝代？名字叫什么？

似乎是咸丰，还是光绪年间了。父亲说记不大清楚，也是听爷爷那辈儿人说的。

晚上睡觉，还在纠结这事儿，从公元前捋到现在，从皇帝捋到歌星，还真就没出过什么大人物。正在头疼，石火电光，脑子里冒出一个名字——余光中。对，怎么没想到余光中啊，大文豪哪！这一激灵不要紧，紧接着，余华、余秋雨、余杰、余地……还有几个偶有露脸的余姓诗人，哇……真不少，都是文人啊！当时怎么就没想到呢？虽说都是当代的吧，但都是祖宗的后人呀……怎么也可以打败那位姓马的，他举的人物是马皇后（朱元璋老婆），人家连聘出去的闺女都提溜出来了。

说到这里，有一个人恐怕得闪亮登场了，是谁呢？不说你也猜得着——余秀华，那个于2014年横空出世、掀起中国诗坛高潮的诗人——可谓为余家填写了浓墨重彩的一笔！事实证明，虽然余家的将军不出名，余家的文人可是响当当的。

说了半天，有人问，那你算不算文人呢？哦，大家借过，我要出场了。有人撇嘴，原来锣鼓大镲一通，是自己要露脸啊。误会误会，我真没那么厚脸皮，几斤几两自己还是拎得清的。咱是酒品一流，做人二流，文章三流，姿色不入流，岂能妄称文人？不过，也不是全无干系，好歹咱是搞文化的人，是不是也可以简称文人？商榷商榷。不是有从事报业的简称报人，有唱歌的自称音乐人吗？再者说，虽说文章写得不怎么地，却是咱村儿写得最好的，说不定挤挤，就进去了呢！再往后了看，不定老祖宗保佑，哪天真整出部像样的作品来，真就混成一文人呢，你说是不？

月夜影子長，戊戌末己亥到夜明画。

78

私奔那些事儿

私奔，是我少女时期的一个梦想。为什么呢？我想，一方面是性格里天生有叛逆的因子；另一方面大概是古典小说看多了，觉得私奔才够热烈。

像我这种人，有想法，是一定会付诸实施的，因此，便有了多次成功或不成功的私奔。

中学时和一男同学谈恋爱，其实也仅仅偷偷见过几次面而已，但心里已经蠢蠢欲动，预谋着私奔了……那时班上还有几对也谈着恋爱，人家已经在谋划着毕业时报考哪个学校、学什么专业、考不中的话，怎么带对方见家长这些很现实的事儿了。而我，却只想着私奔，想着怎样和对方开口以及奔走的路线。

是冬天，约了对方出来，坐在光秃秃的田野上。对方滔滔不绝地说着学校里的事，我则低着头，默不作声，心里纠结着：怎么开口？对方会不会同意？如果不同意怎么办？会不会很难为情？要分手吗？如果同意，会是怎样的情景？从此就远走高飞了吗？学校会不会撒开人马寻找？家里人会惊慌失措吗？——这样想着，内心终于澎湃起来，鼓足勇气，抬起头，盯着对方的眼睛，略微慌张地说出："咱们私奔吧！"说完这句话，眼睛就那么一动不动地看着对方……然后，我看到对方眼里掠过一丝茫然和不解，大约十几秒后，对方又继续说一些其他的事，好像这中间我从来没有说过那句话一样。

其实，后来连我自己都怀疑有没有说过那句话了！

对于那段恋情没有太多感触。我想，是不是就因为对方不肯和我私奔呢？或者，人家也不是不肯私奔，是根本没反应过来嘛！

第二次，终于成功私奔了。

那年和一个女同学很要好，整日厮混在一起，形影不离。有天不知是谁提出，说不如我们私奔吧。于是，一拍即合，开始谋划出走的路线，怎么走，去哪里，如何生存等。谋划好以后，开始行动了，买了一个大大的包，装了满满一大包家当，准备出发。临到跟前，又觉得不该这样悄声无息地走掉，应该有个交代才是，于是嘱咐我一男同学，由他打电话给我的父母，告诉他们我和人私奔了。就在俩人在候车室等车的时候，老爸和二哥大惊失色地赶到，看到我们俩正在那说笑，二话没说就回去了。

这次私奔的目的地是呼和浩特。只是奔出去没几天，又奔回来了。因为手头的钱花光了，又找不到活儿干，开始饿肚子了，只好把仅剩的钱买了火车票……

第三次私奔，是刚参加工作时，因为和家里生气，独自一人去了海口，逗留月余而返。一个人的奔，也算奔吧。

迄今最后一次私奔，是到了谈婚论嫁的年龄，当时正进行着一场风花雪月般的爱情，一心想着相守一生。但这场爱情却遭到对方家里的强烈反对，陷入拉锯战。在此情况下，脑子里那根"私奔"的弦儿又被触动了。何况，此情此景，太适合私奔了！不私奔简直白白浪费了那点儿气氛。如此，便鼓动如簧之舌，说服那位与我私奔。好在那位对我还算一往情深，积极响应。一切议定，亟待出发，那边传来消息，同意这桩亲事。于是，一场明明可以成行的私奔，就这样夭折了。

私奔这事儿，是个高难度活儿，不是你想奔就能奔的。首先，要有强大的阻力，然后，要有一颗不管不顾的心，否则，就只是出行。

别以为私奔是时代的产物或年少的冲动，据说在压力甚大的都市，人人都有一颗想要私奔的心，或带着"私奔"的心态，冲出包围，去偷个小懒、放个小假。私奔，已然从曾经的苦情出逃，变成了在优裕物质下的悠闲度假……

我呢，现在已经对私奔不感兴趣了，我改对"大奔"感兴趣了。

亲密无间两小无猜时在夏日庭明画

82

我不玩文字

常听到"你们这些玩文字的……""你把文字玩得溜溜转……"云云，无论是赞誉还是贬讽，都令我反感。也听到一些写作者貌似谦虚，实则自得地说："我对文字，只是玩玩的……"这话同样令我不快，心想：别鬼扯了，你都写得快绝死了，还说在玩？意思是你天赋异禀？不用用心、不用认真就玩出了作品，玩出了水平？

还有一种人，文字功底不怎么地，倒是敢于大剌剌地拍着胸脯说："我就是一玩文字的……"你玩文字？就你那三脚猫功夫？文字玩你你都不配。明明是你贪恋文字，痴迷文字，匍匐于文字脚下，纠缠着、窥伺着、一厢情愿、死乞白赖，以期得到文字的青睐，却又一副故作轻松，自以为是的嘴脸。何况多数时间，你那所谓作品，不过是对文字的糟害而已。

面对文字，怎么就敢随便使用"玩"这个字眼？

文字，是何等神圣美好的东西，它使我们的思想、感情得以表达；使我们的文明得以被记录、传承。有多少人一生热爱它、追求它却不可得。若有幸得其眷顾，有所成就，应该心怀感激才是；即使不被青睐，也应该敬重，怎么可以轻佻地说你在"玩文字"？

文字如一砖一瓦，写作者就是建筑师，我们写一篇文章，创作一部作品，就像建筑师构建房屋大厦，是与文字的水乳交融、精诚合作；是相互的给予、成就。你见过建筑师是以玩的态度来盖房子的吗？我相信，那些真正写出好作品的作家，那些伟大的、为人类创作出不朽精神财富的哲人，他们对文字，都是怀有深深敬畏的；至少也是如朋友般相互尊重信赖、肝胆相照；又像情人般亲密无间、心有灵犀，而绝非亵玩。

有位写作的朋友，说他写文章，每次都是一挥而就，不做改动。我毫不怀疑他的写作才能，但对这种做法并不赞同；修改稿子，润色稿子，就像是给文字除草间苗，又像是给文字洗澡，是让文字体面地出来见人，这是对文字的礼遇。不经修改出来的东西，不会粗糙、有瑕疵吗？

面对文字，不仅需要才华，也需要修养。即使像曹雪芹那样的人，写《红楼梦》也还是要"批阅十载，增删五次"呢！

果然后来他又说，有时稿子发表了，会发现有这样或那样的毛病。

有一位老作家，文笔非常好，但近年的作品，却专喜欢使用生僻的词汇，组织死长死长的句子，既拗口又难懂。或许是自恃对文字已操作自如，不玩点花样儿不足显示其水平。但在读者看来，未免造作。

对"玩"这个字眼，我一向是不大喜欢用的，即使麻将，我也常说打，而不说玩。那么具有战斗性的事，怎么可以说是玩。士兵可以说自己是在玩一场战争吗？又如音乐，我宁肯刻板一点说——从事。

或者，面对生活，包括文学、艺术以及许多我们热爱的事物，保持心境淡然，无所图求，随意而为，可以说成是玩，但那指的是心态，是战略；具体到操作，还是严肃点吧！

同性相惜

不知是谁发明了"同性相斥"这个词儿，越来越觉得这词儿不经推敲。我以为，真正的爱在同性之间。

《三国演义》中，刘关张的感情绝对是超过与他们的配偶的，更别说钟子期与俞伯牙的高山流水，管仲与鲍叔牙的默契信任，羊角哀与左伯桃的生死相随……

《赵氏孤儿》中，公孙杵臼对程婴说："抚孤难，赴死易，君取其难，我取其易……"这是何等慷慨悲壮、大义凛然，让人心生无边敬意。

男人的友情随便一数就是一大摞。好多英雄片中，兄弟之间不仅缓急相托生死与共，甚至会把喜欢的女人让给另一个，比如《英雄本色》中的周润发和梁家辉，《小李飞刀》中的李寻欢与龙啸云……这是男人之间的友情。女人之间的友情呢，看上去似乎没有男人间的义薄云天、豪情万丈，也很难为了闺蜜之情把喜欢的男人让给对方，但在不涉及爱情的前提下，彼此关怀，默默陪伴，全情以待也是不折不扣的。你失意，她为你哀伤扼腕；你得意，她为你快慰击节；你生病，她鞍前马后悉心照顾；你遇人不淑，她义愤填膺感同身受；你囊中羞涩，她不遗余力慷慨相助；你失魂落魄四顾茫然，她陪伴在侧给你信心鼓励……在她心里，永远有一个位置属于你，任白云苍狗，世事变幻，温暖如初。这哪是异性友情能够做到的呀。

当然，异性之间也不是没有友谊，但我认为，绝对没有同性之间的友谊更浓厚、更彻底，更亲密无间，患难与共。

每个人性格不同，情况不同，我的感受是这样的。我没钱花，张口借钱的对象从来都是同性而不是异性，和异性张不开那口。事实上即使张了口，也未必借得到，这里有很复杂、很微妙的因素。遇到烦心事，通常也是和闺蜜倾诉；有困难，第一时间赶到身边的几乎都是同性。这么多年，人生历经沧桑，一路走来陪在身边的基本是同性朋友。

2013年腿骨折入院，守在床前陪护我的是和我一起长大的发小；隔三岔五买了好吃的去医院陪我说话的，是一个要好的同事；出院后，时不时打车搀着拄拐杖的我去下馆子的，是又一个好友……她们都是同性。当然，那些异性朋友也在第一时间赶到医院看望，也就看望而已，怎么比得上同性关怀备至。

《欲望都市》中，凯莉、萨曼莎、米兰达、夏洛特四个女人的友谊最能诠释这一点。她们骄傲而自信，却相互欣赏包容；她们个性独特，却给予对方理解尊重；她们行事方式迥异，却不对谁妄加指责。她们不时从不同的地方和城市聚集在一起，享受美食华服，谈论生活男人……特别是凯莉婚礼：当她穿着奢华的婚纱出现在这个全城瞩目的盛大婚礼上，Big先生却退却了没有现身，令她丢尽了脸。三个愤怒的好友扶着伤心的凯莉离开时，撞见试图做出解释的Big先生，夏洛特愤怒阻止Big先生接近凯莉。然后几个好友放下工作，带着深受打击的凯莉去墨西哥海滨城市疗伤。片中最感人的是元旦前夜，还没从伤痛中缓过来的凯莉睡梦中接到刚与史蒂夫分居的米兰达的电话，她感受到了对方的孤独无助，于是冒着严寒坐地铁穿越整个纽约和米兰达共同庆祝新年。

无论何时，无论失去什么，她们都有彼此作为最亲密、最坚强的依靠。就像凯莉说的，什么都会过时，唯有友谊是永恒的潮流。

人们常以为一见倾心这种美妙的感觉只发生在异性之间，其实不然，同性之间一样会有。那种一见之下，透过彼此的眼神就能看出对方是同类的感觉，让人怦然心动。至于那些多年好友更似生命中的阳光，彼此温暖相互照耀。

和几个女性朋友聊起这个话题，她们深表同感；或许问男人的话，他们也是这样想的。不仅交友，即使看书，我也偏爱女作家的作品。留意了一下，家里的书籍百分之六十是女作家的，从民国时期到20世纪七八十年代，以及时下七零后八零后的作品。可能同性之间更易有同感吧。

　　不要说什么同性相斥，同性相惜才是真的，因为没有荷尔蒙的作用，这爱更单纯、更长久、更疏肝健脾，益寿延年。

只要努力向前·哪怕爬行·总会有收获·

庭明画

教师节，我也说几句

　　又一个教师节到了，无论朋友圈，还是公众号，或微博，铺天盖地都是问候老师、向教师致敬的。有很多回忆文章，深情款款地表达了对老师美好的记忆和感谢。很应景，也很令人触动。忽然冒出一个念头，那些写回忆文章的，大概都是读书时的好学生吧，受到老师的喜爱和优待，因此才会有深厚的感情。那些不听话的学生，把老师气破肚，或者被老师揍破肚的，肯定不会写这样的文章。反正我不会写，如果一定要写，恐怕写出来不是应景，而是煞风景。

　　可是，适逢教师节，大家都踊跃发言，因此我也说几句。不过，在此之前，先对那些正在从事教师职业以及曾经当过教师的朋友们，表示一下歉意。

　　对教师节、三八妇女节、儿童节这些节日，我一向都不以为然。我以为，这就是明白告诉你，教师、妇女、儿童，是弱势，是需要特别优待的群体。如果真觉得教师这个职业重要，直接提高他们的工资待遇是最好的礼遇。至于教师能不能赢得社会的敬重，在很大程度上不取决于教师这个职业本身，而是取决于教师的质量。教师队伍中，不乏素质差、水平低、品质败坏的害群之马，难道也要一起致敬？

社会提倡尊师重教没有错。把孩子送到学校，交到老师手里，如把人类社会发展的命脉交付老师。所谓"少年强，则国强"，实则是教育强，则国强。而教育强的根本是师资。有一支高质量的教师队伍，才是这个行业赢得社会敬重的主因。此为第一。

第二，老师必须明白一点，人和人的资质是有很大差异的。你用同样的方式教学，有的学生学习好，有的学生学习差，有的就只是混个识字而已。不是每一块石头都是璞玉，有的可能就是石头，你是多高超的匠人，也琢不成玉器。而且，你又怎么知道，这块石头就想成为玉呢？或许他就安于做块石头呢。小学二年级时，老师把学习不好的学生排成一行，一个一个用教棍打手掌。那只是八九岁的孩子，那种粗暴野蛮现在都记忆犹新。如果小学时用教棍打手掌的那位老师，知道我的理想是长大以后推一个车子卖瓜子和豆豆，她还会认为教棍打手掌有价值、有意义吗？

父母把子女送到学校接受教育，老师尽到教学责任就可以了。学习好，考入清华北大，成为比尔·盖茨、扎克伯格当然好；学习一般的，考入二三流大学，成为普通职员也不错；学习差的，什么都没考上，也没什么呀，可以打个工，摆个摊儿做小生意生存。并不一定要成为总统或教授才算有成就。

接受学生的平庸，给予成绩差的学生尊重，不轻视他们，不伤害他们的自尊，保有他们健全的人格、健康的心理，知晓社会起码常识，这个远远要比恨铁不成钢、硬把石头琢成玉更明智，也更人道。

第三，我一向认为，任何一个职业，除了具备较强的专业技能以外，还应该具备更良好的职业操守和心理素养，这样才是合格的、称职的从业者。医生除了需有娴熟的医术之外，更应该拥有爱心和担当，而不只是冷冰冰的操作。司机在拥有高超驾驶技术的同时，应更加敬畏生命，懂得遵守交通规则的重要。而教师呢，在拥有精湛教学技能的同时，应更具包容心和社会责任感，而不只是一个严苛的、只在意学分的教学老师。

心情像花儿一样绽放……
·花明·

94

"文艺青年"生成记

1

好友说，你记不记得我们十几岁的时候，有一天太阳快要落山了，我在葵花地里打掐葵花，你在地堰子上拿着本子，大声念着诗。

我说完全不记得了。粗犷豪迈如我，居然还干过那么清新脱俗、文艺浪漫的事儿？想想看——夕阳西下，一个少女在葵田里劳作，而另外一个少女在田埂上大声朗读着诗，远处有农人赶着马车走过，地边有羊儿在吃草……哇，画面感简直太强了。

好友说，那个时候，我以为你会成为诗人呢。

诗人？她这样说，瞬间唤醒我沉睡的记忆。是呀，那时我多爱诗啊，多么想成为一个诗人呀。

有天整理旧书，翻出整整一箱子诗集，有北岛、顾城、席慕蓉以及不怎么知名的诗人。这中间，掉出一个笔记本，翻开来看，里面是手写的一行行整齐的诗句，是我自己的笔迹，是我的诗。

那是十几岁时写的诗，虽然现在看来浅显而又稚嫩，却是满满的激情和纯真。是只有那个年龄才能写出来的东西。

我的诗人梦并没有实现，二十岁以后，就不再写诗了，兴趣转到了其他事情上，当然，最主要的原因是，发现自己不是那块料儿。

2

大概是1998年，"永济游乐园"刚刚建成，为了扩大影响，在游乐园举办了一个文学笔会。刚参加工作的我，担任永济管理局行政秘书，作为组织者一方参加了活动。也是在这个活动上，见到了闫纪文、温源、孙世平等作家和诗人，也结识了李明升、刘志德、张文彪等知名编辑。

活动之后，《巴彦淖尔日报》周末版，用了一个版面刊登这次活动的作品，我勉为其难写了一首小诗，而且是古体诗，就四句，刊登在不起眼的地方。那是我第一次发表东西，却毫无触电感。现在连那首诗写的什么也早忘记了。

1999年，有天心血来潮，写了一篇叫《拒绝扶桑》的散文，投到了《巴彦淖尔日报》周末版，编辑李明升老师很快就刊发了，并对这篇文章给予了很好的评价。但是，就此打住，此后十年，没再写过东西。我的第一本书《今夕何夕》出版后，李明升老师写了一篇评论抑或是人物印象的文章《牛人和她的牛书》，他在文中说："通常来说，一般年轻人发表了处女作后，往往激动得喘气都呼呼的，写作的热情一如滔滔江水一泻千里，余翠荣也不例外。但是，余翠荣偏偏就是个例外。她发了那个处女作后，就再没了下文。"

那个活动之后，和巴彦淖尔的个别作家有一些交往。因为我不写东西，有时会遭到调侃，说我是混入文人中的坏人。原因是，虽然我不写东西，但是伶牙俐齿，斗起嘴来，比文人们毫不逊色。

3

2008年，时兴玩博客，好友贺欣锐在网易申请了博客，经常在上面写东西。为了便于阅读和互动，就给我和另一位各申请了一个。不能只看人家的东西，自己的博客什么都没有吧，于是我也开始即兴写一些随笔发上去。2010年8月份，《今夕何夕》出版。

《今夕何夕》出版后，在内蒙古文坛引起了一些反响，受到了当时《草原》主编（现为内蒙古文联副主席、知名散文家）尚贵荣老师的推崇，在《草原》杂志一次选登了七篇文章，并于2011年5月，由内蒙古文联、《草原》杂志社、巴彦淖尔市委宣传部联合举办了"余翠荣散文作品研讨会"。内蒙古一些知名作家和巴彦淖尔的部分作家参加了研讨。

2012年，内蒙古宣传部启动"草原文学重点作品扶持工程"，是内蒙古政府投入专项资金，对内蒙古文学创作进行扶持的举措。我申报成功后，成为首批入选的十名汉语作者之一。2013年，《如此而已》出版。

4

在繁杂的世俗生活中，文字是个好东西。它使你在绝望时得到安抚，欢乐时得到宣泄，喧嚣中得到安静，薄凉中得到温暖。

《今夕何夕》出版后，内蒙古大学中文系讲师赵娜、著名作家李悦及青年作家侯伊玲写了书评，而我与这几位从未谋面。迄今为止，我收到最多的来自陌生人的善意，大概就是因文字了。

一路走来，《巴彦淖尔日报》李明升、刘秉忠、王建新几位编辑，给了我很大支持。他们是给我作品提供土壤的人。特别是李明升老师，承担了《今夕何夕》的校稿、写评，连书讯也是他写的。

收到的赞誉有多少，批评就有多少。出第一本书后，有位诗人对我说，你那写的是什么？散文不是散文，杂文不是杂文。也有人说，你写东西，缺少描写，而描写是文学必备的技巧。还有人说，你为什么不好好研究一个课题，搞一个大部头作品……

我这个人，不是个虚心的人，不信你当面说我丑试试，肯定就和被蜂蜇了一样。但是，面对文字上的批评，向来都是谦虚恭敬、全盘接受——不一定全盘改正。对文字，我怀有一颗谦恭的心。

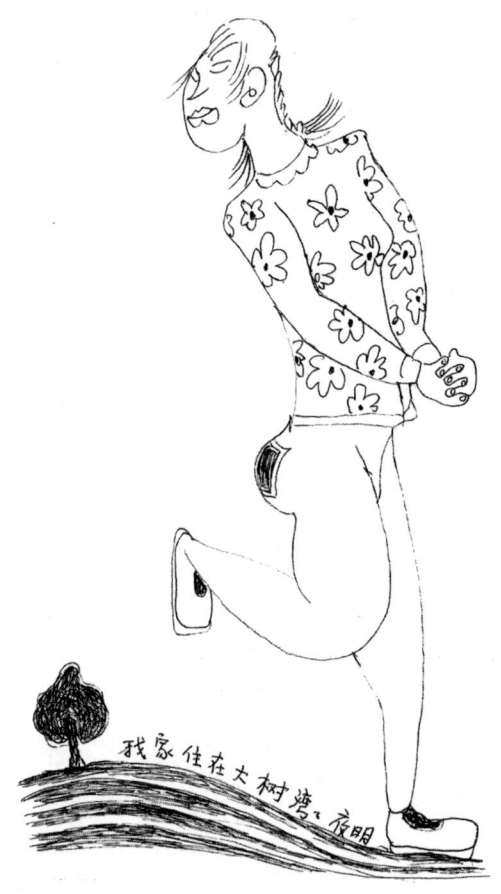

我家住在大树湾、夜明

诗歌是个筐，谁都往里装

没事就写诗吧。没准一不小心，就成了个诗人呢。

诗人，多唬人啊。再怎么粗鲁的男人，会写两首诗，都可能成为一种气质而获得原谅，"诗人嘛，不就该如此？"再庸俗的女人，会写两首诗，仿佛就是一朵花，格外令人高看。至于这诗你看不看得懂，没关系，说这是诗，你就得当诗来看。看不懂，那是你没文化。

什么？不会写？你不会这么笨吧？诗歌是如此随和、如此平易近人。不信？你看看某些诗人写的诗就知道了。这么说吧，你识字吧？会说话吧？好了，已经足够了，剩下的你只需要会一项——按回车，就这么简单。你说你不懂修辞？不怕，随便组合、堆词砌句就可以。反正没人看得懂，也就无从置喙好坏。没看现在很少有人评价诗歌吗？谁还会主动暴露无知呀。

写诗是个不错的职业，真的。如果你是厨师，你不能拿出生肉剁成块，告诉客人这是回锅肉。如果你是裁缝，你不能拿出一堆破布，胡乱连缀起来，说这是衣服。如果你是工匠，你不能拿出几块石头，粘在一起，说这是雕刻。但是诗人可以，只有诗人，能够拿出汉字排列成行，告诉你这是诗歌，就像这样："毫无疑问／我做的馅饼／是全天下／最好吃的"或者这样："为什么不再舒服一些呢／嗯，再舒服一些嘛／再温柔一点，再泼辣一点，再知识分子一点，再民间一点／为什么不再舒服一些。"（尹丽川，《为什么不再舒服一些》）

怎么样，你有什么话说吗？诗歌就是这样。

很幸福不是，置身这样一个"诗歌"盛行、"诗人"遍地的时代。只要是论坛之类的地方，冷清到可以没有小说、没有散文、没有杂文，但不会没有诗歌。比诗歌多的是诗人，比读者多的是诗歌。就如同九十年代，满大街都是卡拉OK，随便街头弄个音箱，握个麦克风，就算是歌手。虽然有一嗓子没一嗓子整晚在街头恶吼，是扰民了一点儿。

据说诗歌是文学殿堂里最高贵的一种，每一个文学爱好者都是从写诗开始的。诗歌即美好，即爱情，即憧憬。甚至有人这样比喻，诗歌是大家闺秀，小说是风尘女子，散文是小家碧玉。这比喻虽说有点过于拔高，但诗歌作为文学的一个门类，在文字或意象上的美确实是高于其他的。

前日在一个文友的饭局上，有一位谈到诗歌时，义愤填膺地发了顿牢骚。原因是近期看了一些所谓诗人写的诗，气得他一口血喷出来。他说："你自娱自乐也就罢了，既然你自诩诗人，把自己的东西堂而皇之地推销出来，能再郑重点、严肃点儿吗？"我不禁大笑，说："你不喜欢可以不看嘛，何必如此计较。何况某些诗歌本来就不是写给你看的，是作者用来自我安慰的，你上赶着去看，赖谁啊？"

另一位接话说："明明是一坨屎，却告诉你这是年糕，能不让人生气吗？"说这话的也是位诗人。诗人被诗人恶心着了，这也算是诗歌界的一大佳话。

不可否认，这个时代不乏真正的诗人以及优秀的诗歌，他们以对诗歌浓烈的爱及对文字深深的敬畏，写出了语言优美且触动人灵魂的诗句。但是，却也有太多的人，在以诗人的名义干着遭害文字的事情。

昨天一个朋友说，他要开始写诗了。原因是最近读了一些诗，忽然发现，或者说恍然大悟：原来诗歌可以这么写，好像没什么难的嘛。他年轻时迷恋诗歌，但是觉得诗歌太神圣，怕自己的粗糙亵渎了这神圣，所以迟迟不敢下手。

我说，写吧写吧，反正闲着也是闲着，不写诗怎么对得起这份"骚情"。

每个人都有一个家乡情结

人在年少的时候，总想着要冲出去，到远方，到未知的地方。好像离开了这块土地，离开了家乡，离开了亲人，才算独立，才算有出息。至于外面混得好不好，是另外一回事。然后呢，到了老年，便思乡之情浓郁，想着落叶归根。因此，晚年的于右任遥望大陆写下了"葬我于高山之上兮，望我故乡；故乡不可见兮，永不能忘。葬我于高山之上兮，望我大陆；大陆不可见兮，只有痛哭。天苍苍，野茫茫，山之上，国有殇"这样的句子。

我有一同事，说是同事，其实我上班的时候，人家已经离开了。他是我工作岗位上前任前任再前任，虽然不曾一起共事，但是是知道的。这位前辈内蒙古大学中文系毕业，写得一手好文章。海南改革开放后，这里的工作停薪留职，去了海口，在海南科技日报任总编。据说后来发展得很好，妻子做着生意，有房有车事业稳定。可是，大概二〇〇几年，忽然思乡心切，强烈要求回巴彦淖尔。因为妻子的事业做得很好，不肯回来，便拖了下来。但终日闷闷不乐，到后来发展成抑郁症。妻子没办法，只好回家乡买了楼房，他自己一个人回来住。回到这里后，每天去公园下下棋，和以前的老同事、老街坊吃吃饭，聊聊天，也写点东西，很惬意，抑郁症也好了。后来患了癌症，听说走的时候，最欣慰的事是最后回到了家乡。

我的两姨姐姐，去了上海多年，兄弟姊妹们也都跟着去了，生意做得顺风顺水，很是富足。但这里的房子一直没卖，后来又回来买了楼房。问起，说是将来会回来养老，现在早做打算。

也见过不少南方来这里创业的商人，聊起来，都说挣了钱会回老家去。

每个人心里都有一个家乡情结。那些年轻的人，出去得早，或许已经习惯了在外的生活。可是，谁知道在人生的某一天会不会忽然思念起家乡呢？而那些岁数大点的人，出去了，到了晚年便会萌生归意。

二十来岁的时候，整天想着要离开这个小地方，去北京、上海之类的大城市。想象着所有的开始——美妙的相遇，广阔的前景，以及种种可能。身边好多同龄女孩儿，无一不是这样。因为各种原因，终没有成行。于是，无论生活多么舒适，心里总有一个结在那里。三十岁的时候，因为人生有了变故，终于下了决心离开，走向心中的远方。

很新鲜，陌生的人，陌生的环境。想着以后就离开那个小地方，要在这个大城市生活下去了，便有一种十年苦读、一朝金榜的成就感。事实上，根本还没等到老就开始思念家乡了，家乡的山山水水、家乡的亲人、家乡的饮食、家乡的民风……一切都强烈挤占着你的心，甚至觉得能痛痛快快地说一口家乡话都是享受。于是，没做多少思考，便踏上了回乡的路。或许因为出去只是为了一个梦，并不存在着谋生的缘故，所以走得决绝，回得也决绝。不是这个城市不好，而是很好，很繁华，有很多机会，可是，当你走在街头的时候，没有归属感。这是别人的城市，是那些从小生长在这里、方言便是他们土语的人的城市。而我，我要回到我的城市，那里有我熟悉的一切，亲人、同学、朋友、儿时的伙伴，以及习惯了的饮食。走在大街上，我们听到的、说着的是我们自己的语言。这片土地属于我，我属于这片土地。

对于家乡，只有离开的时候，才知道你有多爱、多眷恋……

现在去呼和浩特或者北京出差，遇到那里的同学、朋友，他们会说，你不如调到这里吧，这里更有发展。我笑而不语——不是没有可能调去，只是不想离开。

前段时间参加市里一个座谈会，似乎是中央电视台9套，打算来巴彦淖尔拍摄一部宣传巴彦淖尔的纪录片。邀请了几个当地文化界的专家，介绍巴彦淖尔的文化、民俗。

那个剧组的导演，说到巴彦淖尔，以一种非常居高临下的口吻，表达了对这个不知名的小地方的怜悯。说他就没听说过这里，如果再不挖掘文化、做好宣传，谁会知道有这么个地方啊！

我听着非常不舒服，抢先发言道："不是这里名气小，是你知道的太少。河套地区是全国三个特大型灌区之一，是亚洲最大的一首制引水灌区，有'塞上粮仓'的美誉。这里有黄河，有阴山，有苍茫的乌兰布和沙漠，有广阔的乌拉特草原，有全国八大淡水湖之一的乌梁素海……"

或许出去的人，对家乡只是思念，但留下的人，却是一种爱，一种发自骨子里的、深切的爱。

逝者已矣，唯愿安好

上个月，三伯母猝不及防走了，终年77岁。乍听到这个消息，心里震了一下，一时愕然。晚上躺在床上，翻出去年春天带着三伯母和父母一起去乡下时拍的照片，眼泪夺眶而出。音容笑貌仍在，可是这个人，已经永远离开了。77岁，按现在老年人普遍的寿数，并不算大，而且是在没什么征兆的情况下离去的，令人感伤，也感觉到生命的无常。

三伯母与父母年轻时住一个村子，后来我家搬走了。搬走时我只有4岁，对一起生活的情景并没什么印象。那时，大姐已经十几岁了，所以，她们之间更亲近一点。这几年三伯母一个人住，大姐经常过去，也常打电话问候。三伯母有什么事也爱和大姐说。而我过去得很少。有一年，我给三伯母买了一个包包，三伯母像小孩一样欢喜。去年春天，陪三伯母和父母去了一趟乡下，看望他们从前一个村子住过的邻居。三位老人一路上有说有笑，回忆着旧时的事，我也听得津津有味。上半年一直和大姐念叨着买上肉，去三伯母家给做顿饭，但说了也就过去了，主要是我拖。三伯母的身体虽然不是太好，但没有什么大碍。所以，从没把她和死亡联系在一起，总觉得随时可以过去，没想到，说没就没了。

9月份，远在呼和浩特市的二爹过世，88岁。父亲和大哥、二哥去了呼和浩特市参加葬礼。我没有去，但心里非常哀伤。

上次见二爹大约是2010年，到现在已经有七八年的时间了。我调到河灌总局科技文化处工作，处里和内蒙农大有很多业务合作和往来。有一年去了农大院子里，车子就停在二爹家楼下，抬头能看到二爹家的窗户。我心里很矛盾、很纠结，非常想上去看看二爹，可是，到底还是没有上去。车开动了，我回头望向二爹家，希望看到二爹正好站在窗口。他是父亲的亲兄弟，我们流着同样的血，这种血脉亲情，怎么能不强烈。这件事一直成为我心里一个阴影，也令我万分愧疚。这中间，也曾去呼和浩特市开会，都没有过去。

今年5月份，叔伯哥家儿子在呼和浩特市大婚，父母和兄弟姊妹们都去了，只有我没去。也因此，没能再见二爹一面。

父亲兄弟四个，个个长得高大英俊。而二爹，尤其长得好看，一米八的个子，皮肤白皙，身材挺拔，标准的美男子。即使八十来岁，也是气宇轩昂，一点都不弓腰驼背。

二爹的人生经历堪称传奇。十几岁就被国民党部队抓壮丁当了兵，在包头、呼和浩特市一带打仗。贺龙打包头，就是和二爹所在的部队打。这期间，曾经从呼和浩特市跑回河套。将近一千里的路程，一个十几岁的孩子，靠双腿走着，没吃没喝，白天躲起来，晚上行走，硬是走了回来，那到底是怎样一种想回家的心情才有了这样的毅力。回来后给地主揽长工，没多久，又当兵走了。不久，二爹所在的国民党部队被共产党部队收编。这期间，二爹曾经回到河套打土匪，驻兵在杭后的西北（现团结乡），与自己的家仅隔一条黄济渠。一眼就可以望到河对岸的家，却不能回。有一天看到了河对岸的父亲，他最小的弟弟。二爹大声喊着父亲的名字，兄弟俩隔着河相望、相见。二爹和我说这事时，我忍不住流眼泪。

中华人民共和国成立以后，二爹很快又上了朝鲜战场。在朝鲜战场腿部受伤严重，留下后遗症。多年以后，脚后跟处旧伤复发，伤口溃烂，好长时间好不了，很受罪。此后，因工作原因，摔断三根肋骨，摔断过腿。

二爹没有系统上地过学，但是聪明好学，自学识了字，读了很多书。到后来，不仅有丰富的文化知识，而且特别有思想，对许多事有独到的看法认知。二爹转业后在内蒙古农牧学院工作，以正处离休。

二爹临终嘱托，骨灰一部分埋在呼和浩特市的墓地，一部分带回河套祖坟，还有一部分撒到三盛公拦河闸的黄河里。生于斯，长于斯，离家七十余年，二爹终于回家了。

我是一个自私而又胆怯的人，或者说，是一个内心有点自闭的人，常常因为害怕和人亲近，而躲在自己的世界里，不愿和人接触。这不仅使我和一些亲戚关系疏远，也成为我在社会上和人相处时的一种障碍。也因此，面对离去的三伯母和二爹，我不仅难过，而且自责。

逝者已矣，唯愿三伯母和二爹，在另一个世界安好。我是如此怀念你们。

问世间情为何物，直教人生死相许

起个书名有多难

常笑话那些生了娃却起不出好名字的父母，典型如我的父母，事例如我的名字。

起个名多难？当我自己也面临这个问题时，才知道有多抓狂——我这里指的是书名。

当初与内蒙古作协签约"草原文学重点扶持作品"时，随笔集的名字定为《星期天的下午》，因为彼时手头刚好有几篇完成的稿子，就取其中一篇的标题作了书名。一年后，书稿完成，感觉到了书名的不妥。

首先，"星期天的下午"，有点女人、有点心情、有点喃喃自语，与这本书的整体风格不搭调；其次，对整部作品也不具备涵盖性。一个同事甚至开玩笑："星期天的下午？下午能干啥呀？不如改成星期六的晚上。"

书稿交付在即，书名还没着落，真是急死人。那一个月的时间，无论吃饭、睡觉，还是工作，起书名成了盘旋在脑子里唯一的事情；和人聊天，冷不丁会冒出一句："你说我的书叫什么名好呢？"绞尽脑汁，终于想出一个名字——我说你看，觉得是我的风格。正待敲定，忽然想起，会不会有人已经捷足先登了呢？百度之，果不其然，蒋子龙老爷子早在几年前就用作书名了。没办法，再继续想，分别想出了《我看》《我看你看》《才女横行》《男人如衣服》《我的2012》……《才女横行》《男人如衣服》《我的2012》分别是书中文章的标题，选一篇文章的标题做书名，也是随笔集惯用的。可翻来覆去琢磨，总觉得哪个也不够贴切。征询旁人意见，给出的答案是：《才女横行》太霸气，有标榜自己的嫌疑；《男人如衣服》，会令男人听起来不舒服，可能得罪所有的男人；《我的2012》，年份有点过时了……

朋友建议，不如用歌名做书名，比如白岩松的《痛，并快乐着》，就取自齐秦的歌曲。我完全同意。于是，开始搜肠刮肚找歌曲。出生七十年代的人，听的歌无非是王菲、齐秦那拨人的。最先想到的是王菲的《流年》，上网查，洁尘已经用作书名了。又想到齐秦的《不如这样吧》，似乎也不太满意。还想到了莱昂纳尔·里奇的《说你说我》，朋友说太直白，没什么意义。

歌名不行，那就用古诗词。把记忆中所有的古诗词抖擞出来，又把相关书籍翻了一遍，能扯上边的有《爱笑爱语》《悠哉游哉》，以及有点古诗味儿的《一树花开》《刹那芳华》

等，踌躇了半天，也没能确定下一个。

忽又想到，何不用人名引做书名呢？这个好像还很时髦呢，比如高晓松的《晓说》、那英、王菲的音乐专辑《那又如何》《菲比寻常》……如法炮制，想到一个词——与有荣焉，可演变为"余有荣言"。后又觉得牵强附会了点。

这期间，一众好友纷纷支招，什么《流痕》《纸上留痕》《文过留痕》《文过是非》……反正都不是什么靠谱的名字。大概动静太大了，连好友十六岁的女儿也积极献策，给出了《打回原形》（陈奕迅歌曲名）。看来还真是把人给逼急了。

那天在医院陪护父亲，又开始琢磨这事儿，忽然间，石火电光，脑子里冒出一个词——如此而已。好吧，就这个了——如释重负般，非常果断地定下了这个名字。

真的是黔驴技穷了！

书出来后，有不少人问起书名的含义，我给不出高大上的解释，就狡黠地回答："就是那个意思咯！"心想，你问我，我问谁啊。

深受起书名之苦，就想，下一本书一定早早把书名定了，省得到时抓狂。有天在微博上看到一句"今夕亦何幸，重复接清欢"，是清代黄鸒来的诗句。心里一阵窃喜，"清欢"者，清淡的欢愉，小小的快乐也，符合我做人的态度，也符合我作品的风格。对，下本书就用"清欢"做书名。

一日到"亚马逊"闲逛，赫然看到林清玄散文集——《清欢》。

世界最美好的相遇，是遇见另一个自己

谁杀死了祝英台

有段时间，迷上晋剧。因为爱听晋剧里小生唱腔，下载了《梁祝》里"楼台会"这段，反反复复听。听着听着，就听出点什么来。

梁山伯受师母点拨，一路风尘仆仆，意气风发来到了祝英台府上。满以为就此提亲成功，从此与祝英台两情相悦，一世欢好。谁知祝英台愁肠百结，心事重重。且看两人的一段对话。

祝：见他欢喜我心碎，一阵伤心口难开。

梁：久别重逢应欢喜，你因何脸上添愁眉。

祝：我有一件为难事，说出来唯恐害了你。

梁：你我兄妹同学三年，还有什么话不可讲的，贤妹你尽说无妨。

祝：梁兄，小妹自从别你回家，爹爹做主，已将小妹终身许配马家了。

　　梁：什么，你说什么，什么马家？

　　祝：马太守的儿子马文才。

　　梁：英台……你，你，你……你好哇……

　　梁山伯闻祝英台所言，震惊又气愤，怒指祝英台不该言而无信，另许他人，并让祝英台赶快把亲退掉。

　　祝英台：父亲严命不能违，马家势大亲难退。

　　梁山伯：马家亲事推不开，山伯有话说明白。马家不抬我要抬，马家要抬我更要抬。两顶花轿一起来，祝家庭上摆起来。你是嫁给马文才，还是嫁给梁山伯。家中只有一英台，看你父亲怎安排。

　　祝英台：马家来抬当官抬，梁家来抬私下抬。

　　梁山伯：马家因何是官抬，山伯何故是私抬。

　　祝英台：马家有聘又有媒，梁家媒聘却何在？

　　梁山伯：若问媒聘我也有，杭城师母为大媒。聘物就是玉扇坠，蝴蝶成双夫妻配。

　　祝英台：蝴蝶本应成双对，无人当他是聘媒。

　　看到这里，是不是看出点什么？祝英台全程都在为自己另许他人找合理和有力的说辞。

　　梁山伯：果然负心的祝英台，花言巧语你欺骗谁。回家取三张状纸进衙内，我何必在此多辩白。

祝：梁兄休要怒满怀，小妹存心实难挨。谁不知堂堂衙门八字开，官官相护你总明白。梁兄，你是不是另娶淑女良缘相配。

梁：哪怕是九天仙女我不爱。

接着，两人又开始重叙旧情，互诉衷肠，一番情意绵绵。说到动情处，梁山伯口吐鲜血，泣不成声。祝英台呢，自然是万分内疚，再次劝说梁山伯。

祝：仁兄你访我一场空，你今日回去我心不安，我与你无缘成佳偶，我愿你另娶一房再团圆。

于此，楼台一会结束。

后来的事大家都知道了，梁山伯扶病而归，不久离世。临死前，嘱托家人把自己葬在祝英台婚轿经过的路边。祝英台出嫁路上经过梁的坟头，坟裂，祝跃入坟中，与梁双双化蝶而去。

也有这样一说：祝身穿孝服出嫁，经过梁山伯坟时，提出下轿拜祭，趁人不备撞死在柳树前。

是不是觉得特感天动地？可是，我觉得哪里不对。梁山伯因祝英台而死，那么，祝英台呢？难道不是间接被梁山伯所杀？

想想看，梁祝楼台相会，梁山伯悲悲啼啼，祝英台倒显得很冷静，除了一再表达歉疚，就是三番五次劝说梁再娶他人。而且也没看出祝为争取与梁的爱情做过什么，比如拼死抗争、提出与梁一起私奔，或双双殉情……甚至她有没有和父亲提起过暗许梁山伯一事也不得而知。即便梁不依不饶，赌气任性，祝也是以说服梁接受现实为主。这并不符合祝的性格。在那个时代，祝女扮男装去杭州读书，是相当惊世骇俗的举动。祝父开始并不同意，怎奈祝英台又是撒娇又是要赖，说服父亲同意。与梁的爱情，也是十八里相送祝主动表白的。由此看出，祝英台并非任人摆布的女子，而是敢想敢干的性格。这说明祝对与马家的婚事是接受了。

那么梁呢？他兴致勃勃地来见祝英台，得知祝已许配他人，伤心欲绝，那里面除了有对祝英台另许他人的愤怒，更有对祝英台无情的痛苦和失望。否则，又怎么会说祝反复无常，花言巧语呢？而三张状纸中的一张，就是告祝英台的无情无义。梁对祝叙述他如何不辞辛劳来寻祝，令祝愈加难过和自责。梁口吐鲜血，意欲离去，祝挽留。梁对祝说，难道你让我死在这里不成。这令祝难过到"钢剑穿心"。祝问梁什么时候再次相见。梁说，咱兄妹唯恐无会期。祝闻此言，更是"肠欲断来心欲碎"。

果然，梁回去不久便离世，祝英台闻之，悲痛万分。怎么能不悲痛呢，子不杀伯仁，伯仁因你而死。况且当初是自己主动示爱，才使得梁有此遭遇。

梁死后，要求把坟立在祝英台出嫁经过之地，这里不是没有对祝的报复——我为你而死，你怎么能够心安理得从此过着幸福的生活呢？果然，祝出嫁路过梁的坟地，以死回报。

人们皆觉得梁祝的爱情感人，其实，细究那里面不是没有怨怼的成分。梁怨祝无情，祝难道对梁以死相逼没有怨尤？

若梁不死，结局也许会是这样——

祝英台嫁了马文才，生儿育女，尽享荣华，渐渐老去。只是在某个黄昏，或雨后，回想起在杭州与学长同窗三载，两情缱绻的美好时光，忍不住黯然神伤一番，继续过自己的少奶奶生活。梁山伯呢，从此发奋图强考取功名，或另觅佳偶，再结良缘，在人到中年之际，偶尔凭栏远眺，想起当年的小师妹，抚须沉吟，写下"老来多健忘，唯不忘相思"之类的幽情诗句。

——这一结局固不圆满，但人生不就是这样的吗？死未必是最好的选择。

当然，这里面还有其他人物的人生，比如祝老先生不会因此痛失爱女，马文才不会落下"马文才娶老婆，瞎乐一场"的笑柄。马文才也很无辜好不好。

我的不洗头之交

1

开公众号后，我的每一篇文章，她都第一时间转发。我问她："你是我的死忠粉吗？"她回答："我是你的脑残粉。"

事实上，她更可能是僵尸粉，因为虽然每篇转发，却未必每篇都看。为什么呢？就是一种习惯而已。

有次在我家，早上煮挂面，她给自己煮了一大碗，给我煮了小半碗。我怒问："为什么只给我煮半碗？"她说："就只剩这点儿面了。"

我腿骨折住院，她来陪床。有天早上下雨，她去买早点，路上摔倒了，浑身淋湿，瘸着腿回来了。我哈哈大笑说："怎么没把你腿摔断，那边正好有一个床位。"

两人去吃烧烤，提着一瓶白酒。几杯下肚，她开始数落她老公的不是，说着说着，就不再吱声了，因为我比她数落得还起劲儿，也是数落她老公。

在场合上，她给别人介绍我是她最好的朋友。我无不讥诮地回她，既然那么好，怎么当初入洞房时连个让字都没有？

她做饭，我在旁边做技术指导……说得多了，她说，你一个从不做饭的人，有什么资格对一个做饭的人指手画脚。我说，劳动者最美，但生产力的发展，需要研究者的指引。

她身高一米六二，体重一百五十斤。我对她说，我们友谊的小船如此坚固，与你彪悍的体重不无关系。因为有你就有衬托嘛。事实上，我的体重一度飙升，与她并驾齐驱。

2

十七八岁时住乡下，有次父母去城里，她过来和我做伴。那时乡下的院落基本是有院墙，无大门的。或者说，即使有大门，也没有关闭的习惯。一进屋子是走廊，东西几间房子。最西头的屋子不住人，放粮食。我俩住最东头的屋子。睡到半夜，她推醒我说："感觉到有人进屋了。"我睡眼惺忪地爬起来说："不会吧，怎么会有人进屋子呢？"但是也很紧张。两个人屏息凝气，却也没听到什么动静。没一会儿，我就说："睡吧，应该没人。"可她坚持就是有人进来了。她下地拿了一把剪刀，正襟危坐，一副严阵以待的样子。没几分钟，我就睡得什么也不知道了。天亮了，我睁开眼，看到她依旧拿着剪刀，威然坐在那里。问起，说是一直没睡，就这么坐着。

事实上，那晚确实进去了人，是从西屋翻窗户进去的，屋子里留有呕吐物。大概是一个醉汉，早晨开门走的。她说她听到开门声。

到了中午，两人准备生火做饭，揭开锅盖，看到有一只小老鼠在锅里面。我立即把锅盖上，大吼："快生火，快生火，烧死它！"她看了我一眼说："你把它是烧死了，这个锅还能做饭吗？"然后，就拿了把笤帚，把老鼠扫了出去。

那时乡下每年都会举办交流会，除了有唱戏的，还有歌舞大棚、耍杂技的、玩蟒蛇的。北方人，对蟒蛇这种生物充满好奇。有天，两个人偷偷溜进耍蛇人住处，近距离去看这些庞然大物，她还上手摸了摸。被耍蛇人发现，轰了出来。

二十岁那年夏天，去陕坝她亲戚家玩，晚上跑去露天舞场跳舞。跳完往回走，忽然感觉气氛不对，回头一看，有四五个人跟在后面，顿时吓得魂飞魄散。两人对视一下，同时撒腿狂奔。好在离家不远，有惊无险。

3

小学一年级的下学期，我转到了另一个小学，同桌就是她。

能够坐到中间第一排的，都是好学生，可想而知，她的学习不差。但我怎么会坐第一排？估计是老师判断失误，以为我也学习不赖。不久，我用事实证明了老师判断有误，所以，很快就被调到了后面。

那时，放学后我经常随她去她家住，她也去我家住。有一个画面一直记得，早晨醒来，她妈妈用一个大瓷盆和面，我们被喊好几次才会起床。

大概也就八九岁吧，两人去逛交流会。我有一块钱，就用这一块钱给她买了五个面包。多年后，有天我问她，你记不记得小时候，我用一块钱给你买了五个面包？她说记得。可是，我有点奇怪，这种事不应该是我早忘记了，而她一直记得才对吗？好像不按剧情来啊。

同班到四年级，她升五年级，我留级重读四年级。再后来，她以优异的成绩考到临河二中，我留在当地读中学。

那年秋天，我骑自行车，走了三十多里路，去她的学校找她。再后来，她从那个学校退学，回到了我读书的学校，和我一个班，而且同桌。

4

所谓不洗头之交，据说是形容那种已经非常亲密、彼此可以不用洗头就能见面的关系。我心里想，不洗头见面算什么，我们是不穿衣服都可以见面的那种。

前日两人去银川玩，准备回时便退了房，我临时有事去办，让她在车边等。当我办完事回去，已经三个小时了。远远看到她坐在店铺门口，午后的阳光照在脸上，表情平静而淡然，那一刻，我的眼睛湿润了。

不过，那种温柔的情愫转瞬即逝。上车不一会儿，我就开始指责她导航不准，路线错误，害我绕行。

元宵节前，我答应晚上和她去湿地公园看灯。结果吃了饭，我就懒得去了。她一再催促，我干脆脱了衣服钻被窝了。她很生气地一个人走了。她走后，我怎么都觉得不放心，穿了衣服去找她。当我赶到时，她已经看完花灯往出走，迎面和我碰上，手里拿着一支买给我的棉花糖（她总认为我爱吃这些）。她说她刚出来时，非常生气，过了一会儿，看到有卖小吃的，就想着回去时给我买点，后来就不生气了。当我们拿着棉花糖，走在流光溢彩的金川大道上，恍然间，依旧是十几岁时的感觉。那一刻，我们已是不惑之年。

时光荏苒，唯友情不老。这么多年，我一直都记得，当我第一次见到她时，我问她叫什么名字，她说："何文霞。"何文霞，真的是一个土得掉渣的名字。但就是这个名字，什么时间喊起来，都让我觉得那么踏实。

吃饭不饱，不如打倒

吃饭不抱，不如打倒。

下了班，去吃了一碗凉面，出来后，看到隔壁有卖羊肚的，又买了一个羊肚，就着大蒜，一鼓作气吃了。到了家门口，买了十个鸭爪、一杯可乐，回家全部干掉，心情大好。

常听到人说，吃饭要吃七分饱，这样既有利健康，而且能瘦下来。每每听到这种论调我就嗤之以鼻。怎么能说出这么伪科学的话，吃饭不就为"饱"吗？顶多还能再归类出一个"撑"，怎么会有五分饱、七分饱这种东西？胃口又不是带刻度的容量瓶，怎么能分辨得那么清楚？在我这里只有饱和撑，七分饱是什么玩意儿？

老妈说，吃饭不饱，不如打倒。我深以为然。

做人讲究的是随性、尽兴，吃饭这种原始活动尤其如此。

常常为生在中国庆幸。几个人围着一个桌子吃饭，吃多吃少不显山不露水。不像西方，一人一个盘子，自己吃自己的，你吃得快也不是，吃得多也不是——盘子里就那么点食物，难道一份不够吃，你还来一份啊？因此，每次看欧美电影，看到男主约会女主，心里就想，那女的八成从家里出来前就垫过底了，否则怎么可能吃得饱。

回父母家吃饭，每次老爹都会结结实实给盛一碗米饭，遇上我最爱喝的海带汤，别人都是碗，老爹用一个小盆直接端给我，简直不能再过瘾！

最痛快的莫过于和好友吃饭，大家知根知底，互不嫌弃（主要指对方不嫌弃我），比如吃德克士，不经征询就直接给你上两个汉堡。吃烧卖，两个人二两五，不用说，那半两是给我的……特别是吃自助，大家旗鼓相当，共同奋进，吃到大汗淋漓，呼之欲出，然后扶着墙一起欲哭无泪，分担负罪感。

读米原万里的《要不要在爱人面前，过早暴露自己的食欲》。文章说：

去北海道知床旅行，借住在朋友家永家中，被对方父母误以为是儿子的女朋友和结婚对象。

第一顿饭，对方父母做了精心准备，"每道菜都非常好吃。蔬菜是刚从地里摘来的，鱼也是刚刚捕来的，麻辣拌着新鲜而清甜的味道。"

"转眼间我就吃完了自己的米饭和味噌汤，并且各添了三碗。当然，分给我的小菜也全下了肚。"

"来，吃我这份吧。"对方的父亲看不过去，把自己的盘子递给了我。"

泡完澡后，家永的妈妈端出满满一大盘玉米。这是从院子里摘来的哟。那些玉米简直好吃到空前绝后，我风卷残云地解决了六七根。

家永父母的学习能力十分强大。第二天早晨的餐桌上，我盘子里的小菜就变成了他们的三倍，而且他们再也没提起过那些暗藏玄机的话题。

暗藏玄机的话题，指刚到时，家永父母说的诸如，"结婚以后还打算继续工作吗""我们觉得不住在一起也没关系"之类的话。

回东京后，与家永见面，才弄清了整件事的来龙去脉。"他们好像被万里你的吃相给吓着了。""担心嫁进来一个这么能吃的儿媳妇，会把家底吃光？""而且，他们这样觉得，这姑娘对儿子有意思的话，肯定不会这么暴露自己的食欲……"

不知道别人看这篇文章是什么感觉，但我看，不由得窃笑。世界好大，从来不缺同类。

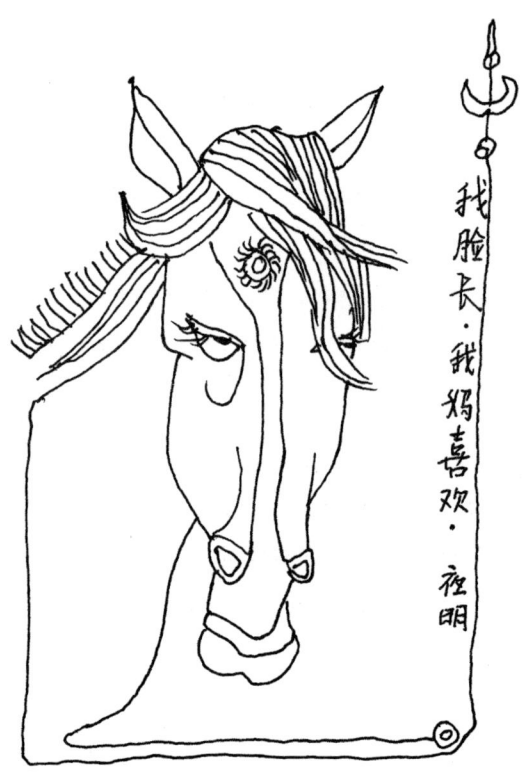

我脸长 · 我妈喜欢 · 夜明

老　妈

昨儿老妈问："你有香水没？"我心下窃笑："老妈这把年纪了，还有这兴致？"于是就把一瓶朋友送的非常昂贵的进口香水给了老妈。难得张口嘛！然后，只见老妈拿了香水就去卫生间一顿狂喷。

看《动物世界》，播到雄狮保护母狮子一幕，老妈感叹："这公狮子就是厉害了，要不说'百万雄狮过大江'。"我哈哈大笑说："'百万雄狮过大江'，是狮子的狮吗？是老师的师吧！"老妈顿时就恼了，叱我："雄狮不能过大江吗？！"

生日那天，我和老妈说："你居然在愚人节这天生我？这不是让全世界人都愚弄我吗？"老妈轻描淡写地说："没生在清明节就不错啦！"

腿受伤，行动不便难免郁闷，便寻衅与老父拌嘴，然后把自己关在屋子里，却听客厅老妈对老父低语。十分钟后，老父拎一啤酒鸭进来，我喜而啖之，感叹：知女莫若母啊！

　　曾经写过一篇关于老妈的文章，历数老妈的辉煌事迹，被老妈逮到好一顿训。此番重蹈覆辙，非对老妈不惧，实在是老妈的桥段太过生动，独乐乐不如众乐乐！

有兄如师

有人第一次乘飞机，兴奋不已。和旁边的人说，听说从飞机上往下看，人就和蚂蚁那么大。一会儿，这个人激动地喊："看，人真的和蚂蚁那么大！"旁边的人说："那就是蚂蚁，飞机还没起飞呢。"

这是我家二哥讲的一个段子，经常被我活学活用拿来在其他场合讲。

二哥沉稳内敛，不苟言笑，实则相当幽默。他讲段子，不是眉飞色舞、活灵活现，而是一本正经，面无表情，等到最后一个机灵抖出来，你爆笑，才知道这是个笑话。这点我就不及。虽然很多人说我讲笑话很招人笑，但是大家开始就知道我要讲笑话了，缺少抖机灵的效果。

2

去年教师节，一个读者在后台留言，让我写写老师。这就让我为难了，从小不好好学习，性格又不讨巧，没有哪个老师对我青眼有加，讥讽责骂倒是家常便饭。所以，对老师，实在没什么感情。说言不由衷的话，做不出来；讲真话，恐怕一不小心会写成部血泪史，适逢教师节，那就太不应该了。不过，提到老师二字，我倒想写一个人——二哥，他对我还真起到了师者作用。

家有兄弟姊妹五个，二哥行四，我行五。因此，我和他的接触最多。小时候经常跟着他玩，滑的冰车是他钉的，玩的木头刀剑是他削的。他教我打扑克、下象棋……

二哥这个人，从大的方面说，睿智，有器量（体现在为人做事上）；从小的方面说，聪明，有灵性。比如他教我学东西，简直有化腐朽为神奇的本事。我在别人那里死活学不会的，他三言两语就点拨通了。小时候学珠算，老师在上面讲，我在下面云里雾里，因此没少挨骂。我自己也认定，实在不是个可造之才。参加工作时，单位有一个出纳的空缺，就把我安排到这个岗位上。那时电脑不普及，算盘是财会人员必备的工具。不会打算盘，怎么办？老爸抄了好几页珠算口诀扔过来，让我背。我一看，头更大了，一是不想背，二是背也是瞎背，根本领会不了。这时，二哥就上手了，他说背这些没用。他把算盘拿到我跟前，把下面的珠子往上拨一颗，告诉我这是一，把上面的珠子往下拨一颗，告诉我这是五，加起来是六，然后……也就十几分钟，我就知道怎么操作了。不久，加减打得如行云流水。当了四年出纳，没出现任何纰漏。

买了车后，二哥打发侄子带我上路。我侄子那脾气，教了一会儿就毛了，直嫌我笨。这样一喊，我更找不着北了。二哥上来指导了两次，我就能慢慢开着上路了。这取决于他能把事情简单化，让我更容易掌握要领。有次把车撞到了车库上，他也不责怪，就势教了一下怎么入库的窍门。

我觉得我家二哥要是当老师的话，一定是个好老师，他语言表达能力强，简明扼要，深入浅出；有耐心，会因材施教、因势利导，从平凡中看出不平凡来。你是一块朽木，没准他就能按你的材质打造成一个木雕。他不高看你，因此他用最简单最浅显的方法教你。他也不低看你，所以给予尊重和耐心。

3

二哥对我影响最大的，还是带动了我阅读的兴趣。

我上二年级，二哥在临河二中（距家几十里的狼山镇）上初中，每个星期六回家，会带书回来。那些书是他饿着肚子从伙食费中省下钱买的。二哥有一个小木箱，每次买了书回来，整整齐齐地放到小木箱里，上了锁。二哥爱看书也爱护书，总担心我"害"他的书，或把书丢了，严格限令我不得"打开"他的书箱。他整理书时，我蹲在一旁看，偶尔也会让我看一本，但这样的机会少之又少。他不在的时候，我就围着书箱打转。一日终于铤而走险，用螺丝刀撬开了书箱，不眠不休地看了几天。因为还小，很多字不认识，一边看一边查字典。二哥星期六回来"人赃俱获"，逮住我揍了一顿。同样的情节后屡有上演。不久，二哥不再对我封锁，买了书主动给我看。

那几年，二哥买了大量的书，而我也就跟着读了大量的书。什么《三国演义》《封神演义》《南北朝演义》《隋唐演义》……基本在十岁左右就都看过了。第一次看《镜花缘》，还因为情节太精彩激动得流了眼泪。以后再看，就没有那种感觉了。所以，我提倡现在的父母们，在孩子十几岁的时候，不要一味只盯孩子功课，也要留一些时间给他们看书。人的阅读年龄是有限的，十几岁是高峰期，就如同长身体的孩子能吃又贪吃一样。出了二十岁，就过了求知欲最旺盛的年龄了。

4

我对文学艺术的审美和喜爱，与二哥的熏陶分不开。二哥后来订阅了文学类杂志，我也跟着看。他有一个厚厚的笔记本，里面摘抄了很多古诗、现代诗，以及他自己写的一些句子。我对这个本子爱得不得了，经常偷偷翻看，后来干脆自己藏了起来。直到现在，这个笔记本还在我手上。

二十来岁时，在报纸发了篇稿子，拿回家给老妈看，老妈头都没抬一下，说，肯定是报社没稿子了。此后，差不多有十年，没写什么东西。后来有天灵感突发，写了首诗，又发在报纸上。正好二哥在，我就让他看。他说，挺好，咱家就缺个作家。这一说不要紧，还真写了不少东西，算不算作家不知道，反正书也出了几本，奖也获了。

去年我开公众号，以为二哥不会关注，也不关心。有次吃饭，听到二哥提醒二嫂把我公众号发给某某关注。有个人在文章下面留言，说我是标题党。二哥很生气地说那人瞎评。

我发了《抬得一手好杠》，二哥在微信上给我发话："一看题目马上有看的欲望，但内容太少了。"直指文章的不足。

5

即使现在，也常能从二哥随意说的一些话中受到启发。比如说到社会上充斥的暴戾之气。他讲，不要为无关紧要、无所谓的小事和人斤斤计较、大动肝火。有的人，因为生活特别不如意，或对社会不满，内心积郁着强烈的负面情绪，你逞口舌之快引对方爆发，大可不必。要把格局放大。

有爱，才会温和

有人把资中筠和章诒和两位老太太做比较，得出的结论是，资头脑清醒，治学严谨，平易近人，行文温和、理性、客观；章的文章有一股戾气，文笔多抒情，个人主观倾向浓厚，宣泄情绪多于理性思考。

以我对上面两位文章的了解，我认为这个评价基本中肯客观。资中筠和章诒和，皆有良好的家世学养，且皆才情卓绝，思想艺术成就卓越，对社会人生有着独到的看法和感悟。但是，在行文上为什么会有如此大的差别呢？我觉得，排除各自本身的特点以外，与她们的人生经历有着很大关系。

资中筠先生1930年出生，成长于开明的书香世家，受到良好的教育，父母对子女爱护有加。1951年清华毕业后，被分配到政务院文教委员会。1953年调到中国人民保卫世界和平委员会，后被调到维也纳。1959年回国，担任毛泽东、周恩来等国家领导人的翻译。"文革"爆发后，下放干校两年，很快被调回"中国人民对外友好协会"负责对美工作。这期间，她参加了尼克松访华、美国参众两院以及基辛格若干次访华的接待工作。1980年以后，主要从事美国政治研究及翻译工作。

资中筠与丈夫陈乐民先生相识于维也纳，两个人一个研究美国，一个研究欧洲，知识结构相等，志趣相投，恩爱相守五十余年，晚年更是含饴弄孙，尽享天伦。资中筠先生的人生，无论是出身和成长环境，还是工作经历、爱情婚姻，可以说是非常顺利而且幸福的，因此，资先生看待问题，更能置身事外，客观理性温和。

再看章诒和先生的简历。章诒和出生于1942年，是中国民主同盟创办人、中国农工民主党第六届主席章伯钧二女。大学时期（1963年）被下放到四川川剧团艺术室工作，因在日记中写有："一人得道鸡犬升天"而得罪某人，于1970年被定为现行反革命，判有期徒刑20年（当时被划为右派），狱中诞下一女。1979年，章诒和平反出狱。出狱当年的5月，结婚只半年，在监狱外等候了近十载的丈夫突发胰腺炎去世。从1957年开始政治上受压迫、社会上受歧视、生活上受窥探和监视，接着进了监狱。特别是在监狱这十年，她吃了非常多的苦。

大概因为不在一起生活，章诒和先生与女儿没有感情，也没有交集。她自己在微博的介绍是"无家无后"。女儿唐晓白也从不提及母亲。这样的人生经历写出来的东西，能没有怨气和戾气吗？

2013年，处里调过来一个女同事，人长得漂亮，性格更是温婉娴静。和人说话面带微笑，语气温和。和她对视或者交谈，有被阳光照耀的感觉。有次开会前坐一起，我随意问她，你的父母一定从小很疼你吧？她就讲，她的父母怎样恩爱，从来不吵架，对子女更是竭尽爱护，几乎没有对她们大声说过一句话……

有句话说，性格决定命运。其实，许多时候，恰恰是命运决定性格。一个人从出生到长大，所处的环境直接决定他是什么性格。那些从小缺爱，或者在被侮辱殴打中长大的女孩，如果她的本性是软弱的，长大后可能变得更加懦弱、卑微，缺乏健全的人格和独立自主的思维，易成为从属型或讨好型人格。而另外一种性格的人呢，则容易变得刚强、坚硬、易怒；或者敏感、自尊、暴躁甚至暴力，对他人缺乏爱和包容。

人生，是一个银行，你获得的爱多，你在银行里储备的爱就多，你才有爱来支出。你不曾收获爱，你的银行里没有储备爱，就无法支出爱，你甚至不知道人和人可以如此友爱温暖包容。被爱包围、环绕的人，心头不容易滋生嫉恨，才更容易散发温柔与平和。

与狗有关的闲言碎语

2018年，是农历的狗年，说点与狗有关的闲言碎语。

我的两个好朋友，都属狗，一个是1982年的，一个是1970年的；一个比我小，一个比我大。今年是她们两个的本命年。

我在同一年认识她们，一直交往至今，差不多是十年。这十年，风风雨雨，有阳光，也有阴霾；有欢笑，也有忧伤，有得意，亦有失意，但她们一路与我默默相伴，彼此温暖。

除了她们两个，还有一个很好的朋友，也属狗。所以，狗年，对我来说，有点特别。

我爱吃狗肉，那两个朋友都不吃。1982年那位，酷爱养狗，对狗有着深厚的感情，所以不吃。1970年那位，是满族，也不吃狗肉。有时我把正吃的狗肉拍了照片发过去，她们也不以为意。在吃狗肉这事上，我与她们两个不相为谋。

2015年，认识一个人，属狗，是1982年的狗。一时兴起开始了一段感情，中间兜兜转转，分分合合，伤神、伤脑、伤元气。我这个人，一触及感情，智商就等于零。因此，回顾自己的情史，简直是山河惨淡，日月无光。

和1982年出生的人，似乎颇有渊源。我特别喜欢的几个时评人，亦可说是作家或公知，都是1982年的。第一个是王五四，就是说出"行走江湖，一忌勾引二嫂，二忌勾结官府，三忌扎啤掺水。佳人不可唐突，好酒不可糟蹋，这两件事你们以后一定要牢记在心"的那位。

第二个是青年学者羽戈，他文风严谨、内敛，深得我的喜爱。他的《酒罢问君三语》《从黄昏起飞》和《穿越午夜之门》，我都有购买。他在影评《你为什么要看〈辩护人〉》一文中写道："时至午夜，天地俱寂，远方与希望，隐藏在巨大而静默的黑暗之中……"我的眼睛不由得湿润。

据说狗是人类最好的朋友。我没有太多养狗的经历，缺乏这方面体会。小时候住在乡下，村子里家家户户都养狗，俗称"笨狗"，日本叫"秋田犬"，我们的标准叫法是"中华田园犬"。那时的狗，它就是狗，是看家护院的，而不是宠物。见到生人，会狂吠着扑咬。你看到它只会害怕，而不是想去宠。不知道为什么，人们非要把它叫作笨狗。其实它们一点也不笨。它们不仅能分辨出熟人和生人，还能分辨出穷人与富人。穿得破烂，会狠命咬你，所以有"狗眼看人低"之说。

看过一部电影，叫《忠犬八公的故事》，是李察·基尔主演的。影片改编自发生在日本的真实故事。1924年，秋田犬"八公"被它的主人上野秀三郎带到东京，上野秀三郎是东京大学农业系的教授。每天早上，八公都在家门口目送着上野秀三郎出门上班，傍晚时分到附近的涩谷火车站迎接他下班回家。这样的幸福生活一直持续到1925年，上野秀三郎在上课时突然中风，抢救无效死去。主人再也没有回到那个火车站，但八公每天依然在那里等，等了九年。

老舍先生有一篇幽默小品，叫《狗之晨》，写得真是好，看了好几遍，还是喜欢得不得了。梁实秋先生也写过狗的文章，叫《恼人的狗》，主要写狗之恶。刘亮程的《狗这一辈子》，也颇有看头。

前几天有篇刷爆朋友圈的文章，叫《男到中年不如狗》，文章中引用张爱玲的话，"人到中年的男人，时常会觉得孤独。因为他一睁开眼睛，周围都是要依靠的人，却没有他可以依靠的人……"读罢令人唏嘘。

有个成语叫"白云苍狗"，意指世事变幻无常。大概因为人到中年的缘故，读到这几个字，顿生苍茫之感。没经过岁月的洗练，是感受不出其中况味的。

许多时候，我觉得自己也是一条狗，一条独自行走在荒野中的狗，偶尔撒野狂奔，偶尔顾影自怜。受伤了，便躲在角落里舔舐伤口。

说起来，今年也是我的本命年，为什么呢？因为是单身狗嘛！2018年，脱单的事就算了，争取脱贫吧。

最后，祝所有属狗的朋友以及不属狗的朋友们新春快乐，狗年大吉！狗富贵，互相旺。

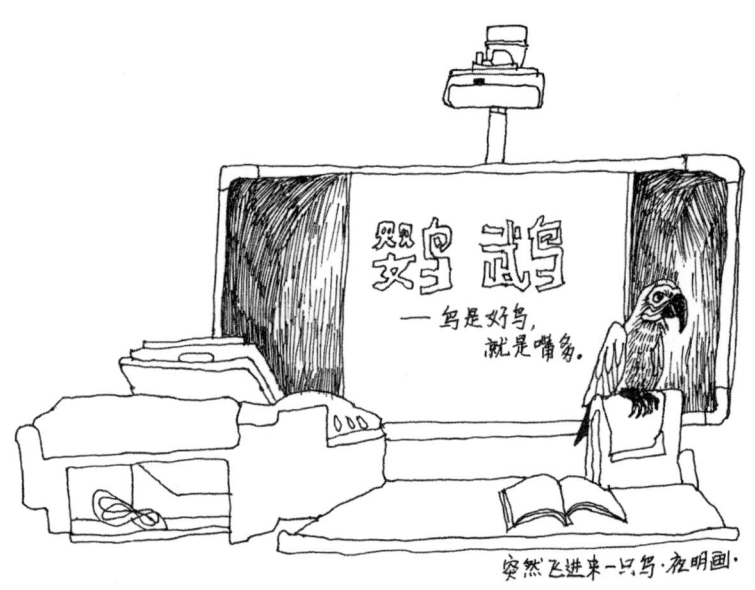

突然飞进来一只鸟·在明画·

论才子，我服金庸

手机没电关机一个小时，刚打开，看到满屏都是关于金庸先生离世的消息。心里咯噔一下——金庸先生终还是走了，一种空落感油然而生。先生以94岁高龄离去，对个人来说，是高寿了，但对华人世界，却是一颗巨星的陨落，哀哉！

朋友发过话来，说央视悼念金庸先生，用了"为国为民，侠之大者"。我说，这句话本就是金庸先生说的。

1985年，他出任《香港特别行政区基本法（草案）》起草委员会负责人，为香港顺利回归做出了不可磨灭的贡献。

朋友圈有人发动态："在我心目中，金庸才应该拿诺贝尔文学奖，武侠凭什么比所谓严肃文学低一等？"

我跟了两个字："赞同。"

文学有严肃和不严肃的区别吗？如果有，我以为金庸先生的小说，不在严肃或不严肃的框架之内，他开拓的，是另外一片疆土。

金庸先生的小说，基于历史，但又不囿于历史。比如《射雕英雄传》，背景是南宋，主人公郭靖和杨康的名字，就取自"靖康之变"。作品中丘处机、马钰等全真七子历史上确有其人，但南帝北丐是虚构的。《碧血剑》，说的是明末大将袁崇焕被杀之后的事，主人公袁承志是虚构的，但故事的脉络却始终没有脱离整个历史演变。也因此，少年时期的不少历史知识，是从金庸作品中获得的。

如果有人问我最佩服的才子是谁，能在瞬间脱口说出的，一定是金庸。他的武侠小说蕴含着儒、道、释、墨等博大精深的中国传统文化思想。也包罗着历史、天文、地理、中医、宗教、诗词、书画等知识，可见其知识渊博，功底深厚。即使做了几十年老朋友的倪匡，还是时常会感叹金庸的博学。

一个人可以左手写时评，右手写小说，白天伫立在现实世界，夜晚行走于江湖之中，你说他有没有才？

"燕云十八飞骑，奔腾如虎风烟举。老魔小丑，岂堪一击，胜之不武。王霸雄图，血海深恨，尽归尘土。念枉求美眷，良缘安在？枯井底，污泥处。

"酒罢问君三语，为谁开，茶花满路？王孙落魄，怎生消得，杨枝玉露？敝屣荣华，浮云生死，此身何惧！教单于折箭，六军辟易，奋英雄怒！"

这一阕《水龙吟》，是《天龙八部》第五卷各章回的标题连起来成的词。其中"酒罢问君三语，为谁开，茶花满路"是我极为喜欢的一句。我欣赏的作家羽戈，对金庸并非十分推崇，可他的一本书，却用了"酒罢问君三语"这一句做了书名。

有次同学建了一个小群，共六七个人，我在标注名字的时候，突发奇想，把群主丁永明，标为丁春秋；何姓女同学，标为何铁手；袁姓男同学，标为袁承志；王姓男同学，标为王重阳……给自己，标为余婆婆。如果你读过金庸作品，即使群里有再多的人，也绝对能标出金庸作品中人物的名字来。他作品中有人物数百，名字却无一重复，且一个比一个有意境。听听，左冷禅、岳不群、任我行……连反派的名字都叫得这么有水平。

读金庸作品时，也只有十七八岁，迄今过去好多年了，但在日常间，什么"九阴白骨爪""乾坤大挪移""降龙十八掌""吸星大法""凌波微步""一阳指"……总能不经意间随口冒出。他在《九阳真经》中这几句，"他强由他强，清风拂山冈。他横任他横，明月照大江"，更是常常挂在嘴边。

很多人说我身上有男子气，到底是因为我生性具有男子气所以选择不读琼瑶读金庸，还是因为读了金庸多了男子气，不得而知。最好的年华，在读金庸的作品中度过，没有遗憾！

年年有余的余

余，人称代词，文言文里意为"我"。

我的微信个性签名是：余虽不敏，然余诚矣！因为我自己姓余，这句话便有了双重含义。余是我，我就是余啊。

我的抖音签名是：时人不识余心乐，将谓偷闲学少年。正考虑要不要用"余心乐"做个笔名！

同学骂我一和她说话就抬杠。我嬉皮笑脸回她："余岂好辩哉，余不得已也！"（《孟子·滕文公下》）

和朋友们聊天，常常冒出"余以为""余觉得"，总会被笑骂着打断。

同事张晓红一直喊我余子。如果我姓王，她就不能喊我王子。姓李，除非前面加小，否则不能喊我李子。姓张，喊张子也不顺口。但是喊余子就很得劲儿。虽然对我的名字不满意，但对姓却情有独钟。

有一个成语叫"目无余子"，是不是有点意思？

上饭局，给人介绍我姓余。刚好我没什么兴致，就会说：多余的余。如果兴致高，会说："年年有余的余。"并补充："大余则富，小余则安，年年有我年年余。是不是很吉庆？"

有一年朋友给我写春联，横批年年有余。我说老掉牙了，不如写成绰绰有余。他大笔一挥，写下了——成事有余。话是好话，只是有负老友吉言，至今一事无成。

侄子生了孩子，有人建议孩子叫余晖，说这名字有诗意。我说，不如叫余粮。家有余粮心不慌，是富足充裕的象征呀。

要不叫余力。侄子说，是"心有余而力不足"？我说不是，是"行有余力则以学文"。

侄子说，你真能掰！

我就这么拽

疤明

152

关于自黑这事，我说两句

自由撰稿人张净波先生，多次给我文章留言："自黑的高手。"他说我不仅黑自己，连父母也黑，迟早挨骂。在此，我就自黑这事，做一个非官方说明。

我想说的是，其实我并没有自黑。我写过《俗名》，你说这是自黑吗？坦率地说，余翠荣这个名字好听吗？不俗气吗？有文艺范儿吗？不止一个人说过让我改名字或起个笔名。不俗你们干吗让我改啊？所以，我写我的名字俗，绝不是自黑。问题出在哪呢？人家雪小禅的原名叫什么？叫王虹莲。这个名字比我的强不了多少。端木赐香原名叫什么？叫李桂枝。这个可以直接和我的名字相媲美。辛夷坞原名叫什么？姜春玲。更土是不是？关键是人家都改了名字，或者起了笔名呀。我是既不改名，也没起笔名。所以，你说我不讲究可以，说我自黑我不认。如果我的名字叫雪千寻，我说我的名字俗，那才叫自黑呢。

为什么不改名字或者起个笔名呢？有两个原因，一是懒得费这脑筋。二是我以为这个失误是父母造成的，凭什么要由我来修正？所以，这个名字就一直使用到现在，估计余生也就这样用了。

我写过一篇关于字丑的文章，也被说成高级黑。事实上，我的字是真的丑呀。没办法，这是天赋。小学二年级时写字什么样儿，现在依旧什么样儿，没有丁点儿改变。你说可以练字啊！我告诉你，能练出的字，都是原来就有这方面的潜能。如果让我去死命练字，估计就把自己练残废了，最后会因为心理障碍而字都不会写。但是因为字写得不好，而引发的故事倒很有趣，所以，我愿意把这些故事记录下来，与大家分享，这是坦诚好不好？这个世界，对官员来说，除了受贿之事不能标榜，没什么不能标榜的。对于写作者来说，除了床帏之事不能写，没什么不能写的。

我写过关于数学差的文章，也被列入自黑名单。好吧，算是自黑吧。可是就算我不说，我的数学差也是声名在外，家人、同学、朋友、同事哪个不知道？我倒觉得说说无妨，数学差怕什么，我还不是死占便宜不吃亏？十年前谁借过我多少钱，到现在我都记忆犹新。数学差我记忆好啊！打麻将你有没有多算给我，我算不出来，但你少算我的，我一定知道。数学差我心眼多啊。听说某某知名大人物数学也很差呢，有此等人物在那垫底，我辈完全可以不以为耻反以为荣。所以，怎么能说我那是自黑呢？我那是自负好不好？

　　关于自黑这事，就解释到这了。既然对于坦诚不容易接受，那么，以后我就开启自白模式了。我先写写我的厨艺，我告诉你怎么用猪肺做夫妻肺片，怎么把鱼香肉丝炒出鱼的味道……我还可以写写我的着装品位、艺术鉴赏，然后……还是算了，自白确实不及自黑来得容易，因为自黑是本色出演。

没有谁是心无所恃

　　我几乎不戴金银首饰——你觉得我是一个超凡脱俗的女人吗？我告诉你，我爱车。金银珠宝不是我所好，车才是。走在大街上，看到一款好车驶来，就像老饕看到美食，口水都要流出来了。

　　我从不羡慕谁的老公是某大官员，谁的老公是某公司老板。我不是一个虚荣的女人吗？不，其实，我更看重男人的容貌。男人长得好不好看，才最重要。

　　我从不在意谁家有几幢房子，谁家有多大别墅——即使我只住一个很小平方米的房子。我不是一个物质化的女人吗？当然不是，我只是更看重另外一样东西，比如——学识。我觉得在貂皮大衣和学识之间，后者更能满足我的虚荣心。

　　没人可以心无所恃，只是在哪个方面而已。佛家讲究六根清净，那也不能说无所图，修来世、修超脱也是一种所图；道教修道还不是为了成仙？其他的宗教信仰也是各有所求。就算你人世繁华、功名利禄皆勘破，那你整日注重饮食、讲究锻炼也是为了修健康、修长寿。

总听到有人说自己多看得开，什么都不看重，什么都不在意，还真就有人相信了。但是我很不以为然，那里面，虚假的成分很大，即使你不看重这个，也会看重那个，总有一样是你看重的。一个女人择偶，既不看重金钱，也不看重权势，还不看重容貌，那么，她可能看重的是才华，或者爱。名利这种东西，人人都说不在乎，事实上，有几个人真正看得开的？有的是苦苦追寻不可得，无奈放下；有的是已经得到过，不再稀罕；有的表面淡然，暗自较劲儿；有的似乎真看开了，那是因为老了，没指望了。这不是看开，也不是放下，只是找了条出路。

国人最擅长玩的就是以儒家入世，以道家出世。这是一种非常狡黠的生存哲学。当你对某件事物苦苦追寻不可得，就会调整心态，改作一副无所谓的态度，其实心里难过得要死，不甘得要死。只是大家心照不宣，给个面子不捅破而已。吃不到葡萄说葡萄酸？中国人才不会这么低级，中国人是吃不到葡萄说不爱吃、不想吃、不屑吃。有句话概括得很好，得意时信孔孟，失意时信老庄。

人活着，总是有所依恃的。小孩因为有各种欲望，所以成长有了快乐。学生因为有了理想，读书有了乐趣。年轻人走向社会，想着要出人头地，工作便有了动力……很多老年人，自告奋勇去带孙子，除了帮子女减轻负担，享受天伦，其实内心里也不是没有在寻找一种价值的肯定。奥运会之所以精彩，是因为每个上台的运动员都有想展示的欲望，每个人都有获得金牌的欲望，这样，竞技才有了意义。只是所恃的，会随着年龄、环境，或者时代的不同而改变，变得与自己的现实状况更相符而已。

有所恃，才会有所得，有所得，生命才会充实和丰盈。为吸引优秀的异性，我们精心打扮，这让我们变得优雅精致。希望被提拔重用，用心工作，这使我们的价值得到体现。为追求生命的长度，坚持锻炼身体，因此有了健美的体魄……

必须承认我们拥有虚荣心、名利心，承认我们人性中存在的欲望。如果一个人二十岁出头就活得超脱淡然，余下的人生要怎么度过？漫长的生命用来等死吗？就算所恃之为财色，并无不齿。

连张爱玲这样清高的人都说，出名要趁早，否则就没刺激了。张爱玲写出那么多惊世之作，恐怕与这份虚荣心不无关系吧。

和父母过节的方式

中秋节傍晚，一个朋友在微信问："在家呢？"我说："是，刚从父母那里回来。"

他问："晚上不陪老人家了？"我说："不了。"

一会儿，他又问："为什么不陪父母过这么重要的夜呢？"

我反问："这个夜很重要吗？"

他说："重要，重要了几百年。"

然后……我就没话了。他说得没错，我竟无言以对。

中秋节重要吗？当然重要。这么多年，人们说到中秋，首要就是回家陪父母一起度过。但在我看来，节日就是个节日而已。之所以在这一天强调和父母一起度过，说明重要的是父母，而不是节日。我呢，不仅没陪父母共度中秋之夜，我甚至没在这一天给他们买一块月饼、买一个水果。倒是中午吃完饭还拿了他们不少月饼和水果。

因为和父母住一个城市，基本每天都会碰面，吃的喝的我随时都给他们买。节前这两天，亲戚朋友来看望他们送的水果月饼已经很多了，我不仅不能再买，临走还得拿走一部分，这样老爹老妈才高兴。中午和父母一起吃饭，下午把屋子收拾干净，把晚上献月的水果洗好，我就回了。父母身体很好，两个老人一边看电视，一边聊些社会上的事，到了时间便睡了。这么多年子女各自独立出来生活，这个时间他们已经习惯大家在各自的家中。我刻意陪在身边，反倒显得多余，说不定还影响他们二老聊天呢。再说整天见到，也没什么话说。他们知道我的爱好是上网看电影，尤其是晚上这个时间。他们那里没电脑，也没网络，我刻意留下，百无聊赖，他们还有心理负担。平时我待晚了，母亲都催着："快回去上网吧。"

我觉得子女和父母相处，不必太拘泥于形式。为了所谓孝道、责任，设定条条框框，必须这样，不能那样。这样日久会形成负担，从而生出嫌弃。很多人说起父母有怨气，就是因为太过注重形式，使自己受到束缚和委屈。把平常日子当节日过，给予陪伴和照顾；把节日当寻常日子过，不用刻意营造氛围，反而轻松。不能只在过节时，才大包小包回去看父母，求个心理平衡；而平时，或因时间、地域等主观客观因素，疏于见面。那些每到节日，父母眼巴巴盼着见子女的，一定是平时见不上的。那些一到过年，觉得必须赶回家的，一定是平时不回家或者回不了家的。

或者说，我们家就不是一个太注重仪式感的家庭。比如我大哥和二哥，每年春节，会在腊月时，把米、面、油等相关物品送到城外的三伯母和乡下的大妗那里。过年时，他们也不去给两个老人拜年。送米送面，对老人来说更实用。年前去了，也能知道她们还有什么需要的。年后，她们自家的子女会回去、亲戚也去拜年，人来人往，避免给她们添麻烦。

我们家的侄子外甥们，过完年要给我们这些姑姑舅舅姨姨爹爹拜年。我们干脆就宣布，初二我们都在父母这里（他们的姥姥姥爷、爷爷奶奶），你们在这一天来给你爷爷奶奶拜年，大家一起见面、吃饭，就算一块儿拜年了。他们不用每家每户逐一去，这样孩子们省事，我们也省事。有心的话，平时看望也可以呀。

要不要和父母一起过节？我以为，在一个城市的，可以三天两头回去，买点吃的喝的，陪着说说话，干点活。他们觉得你整天在身边晃荡着，也感受到你的爱和照顾，节日是不是全程在一起，并不重要。在外地的，条件允许，可以每个季度都回家看看父母，或者有公休假就回去，甚至专门请假回去看望也未尝不可，那么，过节时，如打算去旅游或有其他安排，不回去又有什么要紧。

让父母视节日为寻常，没有期待，何尝不可以！

有事说事，关独身何事

1925年，北京女子师范大学校长杨荫榆，被身在教育部任职兼女师大任教的鲁迅骂作"寡妇办学"。

鲁迅是我非常喜爱的作家，熟读其大多数作品——即使不少作品是用来骂人的，骂的对象同样是我喜爱的梁实秋、林语堂等。但当有天读到他骂北京女子师范大学校长杨荫榆"寡妇办学"（杨当时是唯一的女性大学校长，独身），就很不以为然了。

你可以批评一个校长的治学才能，抨击其政治立场，但你因为对方是女性，而且是独身，就骂人家"寡妇"，这就有点损了。

鲁迅后来在文章中解释："至于因为不得已而过着独身生活者，则无论男女，精神常不免发生变化，有着执拗猜疑阴险的性质者居多……看见有些天真欢乐的人，便生恨恶口，尤其是因为压抑性欲之故，所以于别人的性底事件就敏感，多疑，欣羡，因而嫉妒……"

独身生活者就"执拗猜疑阴险的性质者居多"？独身就没有性生活？没有性生活就一定"敏感，多疑，欣羡，因而嫉妒"？这逻辑，实在太牵强。照此说法，是不是也可以说，独身者杀人犯居多、强奸犯居多、抢劫犯居多？独身即变态？

这标签贴得，不可谓不高明！

事实是怎样的呢？杨荫榆出身无锡书香门第，1907年获公费留学日本，后赴美国入哥伦比亚大学，获教育学硕士学位。回国后一度投身教育，后被北洋政府召至北京出任国立北京女子师范大学校长。在民国女性中，算得上是罕见的学霸，也是一位追求新思想的女性。

1937年，抗日战争爆发，侵华日军找到在苏州从事教育工作的杨荫榆，请她出任伪职，遭到杨荫榆严厉拒绝。为抗议日军的暴行，杨荫榆屡次去日军军营当众斥责，并递交了自己用日文撰写的抗议书，也因此成为日军的眼中钉。

为保护当地妇女，杨荫榆将女子学社扩建成庇护所，竭力保护那些来求助的人。

1938年元旦，杨荫榆外出时，被日本兵枪杀，抛入河中，时年54岁。

鲁迅先生恐怕不会想到，就是这位被他钉在耻辱柱上的独身女性，不畏强暴，以自己的勇敢和气节赢得了世人的尊重！

如果说鲁迅骂杨荫榆是近百年前的事了，那时女性独身还算是个短处的话。不可思议的是，即使现在，这一幕也是时有发生。

　　人类社会发展到今天，无论已婚还是独身，都是一种生活方式，就像你吃饭主食选择吃馒头还是米饭，这与口味有关，与其他无关。拿性别或独身说事，不仅逻辑上说不通，道义上更是立不住脚，除非你首先承认自己是流氓。

王尔德的解药

"我年轻时以为金钱是世界上最重要的东西，等到老了才知道，原来真的是这样。"

知道这句话是谁说的吧？没错，是王尔德。

当我们被各种鸡汤和大道理营养得云山雾罩、胆固醇升高、热血偾张之际，有一个人，早已悄悄地为我们熬好了解药，他就是王尔德，一个长得好看，善于打扮，幽默风趣，尖酸刻薄的天才。钱钟书与张爱玲与之相比，简直是小巫见大巫。

王尔德的解药，专治各种拧巴，各种作，各种拎不清、想不开。让我们看看，他都熬了哪些解药。

"世界上只有一件事比被人议论更糟糕，那就是没人议论你。"

是不是很醒脑？如果阮玲玉当年有幸获得王尔德这服解

药，又怎么会因为人言可畏而自杀呢？

"摆脱诱惑的唯一方式是臣服于诱惑……我能抗拒一切，除了诱惑。"

这大概是我听过的最动听的解语了。每当我为抵挡不住美食的诱惑而踌躇时，就会拿出来喝一口，然后继续在狂吃痛饮的路上狂飙。

杨绛说："你的问题是读书太少，想得太多。"

而王尔德说："你的问题是长得太丑，想得太多。"

他又说："我以长相选择朋友，以人品选择熟人，以智力选择敌人。"

然而，还没完。他又说："只有浅薄之人才不会以貌取人。"

这简直就是真理好嘛！没钱可以挣，没才华也可能通过努力获得。唯有容貌，是与生俱来的，是不会随着时间推移变好而只会变坏的。因此，对外貌的要求，才是最本真、最没有功利心的。

"当爱情走到尽头，软弱者哭个不停，有效率的马上去寻找下一个目标，而聪明的早就预备了下一个。"

这服药专门用来给那些整天为爱寻死觅活的人熬制。他告诉你，谈恋爱不仅要走心，还要带脑。

"时尚总是丑得难以容忍，所以每隔六个月我们都只好改一次。"

面对我们趋之若鹜的时尚，你见过还有比这更辛辣的讽刺吗？

"用好坏来群分人是愚蠢荒谬的。人只有两种:迷人，或者乏味。"

"任何人都能对朋友的不幸感到同情，但要消受一个春风得意的朋友，则需要非常优良的天性。"

似乎确是这么回事儿。但能说出这样大实话的，恐怕只有王尔德了!

"人生的首要责任是尽量虚伪。至于第二责任是什么，至今尚无人发现。"

据说这一句被评为了2018年度最佳"毒鸡汤"，令不少人茅塞顿开，绝处逢生。

怎么样，看了是不是很解气、很长志气？

这就是王尔德，任何矫情伪饰、无病呻吟、装模作样，都会被他化解得无以遁形。他的解药，每个人可根据不同症状选用，总有一剂治愈你。

博尔赫斯曾评价王尔德有着"不可摧毁的天真"，而作为一个美学主义者，"他几乎总是正确的"。

不要以为他的解药只给别人喝，他自己也要时不时拿出来喝两口的。他说:

"我简直太聪明了，有时连我自己都不能明白我说的话。"

"我喜欢和一堵墙说话，世界上只有它不会反驳我。"

"每次人们赞同我的时候，我都觉得自己一定错了。"

"准时是时间的盗贼。我自己不喜欢准时，但我喜欢别人准时。"

"第一，我永远是对的。第二，如果我错了，请参见第一条。"

"很多东西如果不是怕别人捡去，我们一定会扔掉。"

"现在我很快乐，所以我很肯定，我的人格已荡然无存。"

"我喜欢人甚于原则，而这世上最叫我喜欢的，就是无原则的、放荡不羁的人。"

"我整个早上都在校对自己的一首诗，我去掉了一个逗号。下午我又把它加了上去。"

他的语言，完全就是戏谑、得意、自负与清醒的混合物。他教你活得自我，活得通透，活得随心所欲。

而我，最受用这一剂："我们都生活在阴沟里，但仍有人仰望星空。"

王尔德何许人也？是奥斯卡·王尔德无疑！是19世纪英国伟大的作家、诗人、戏剧家。如果你以为仅此而已那就错了，他真正的身份是"反鸡汤"斗士，是"毒舌"教主。他被誉为是19世纪西方文学史上"为艺术而艺术"的唯美主义代表人物，一生放浪不羁追求极致的美。在他短短46年的传奇人生里，熬制了无数惊世骇俗又妙不可言的金句，即使在一百多年后的今天，也是又尖锐又时髦。

在这纷繁芜杂的世界，让我们痛饮王尔德的解药，来对抗生活的庸俗与蒙昧吧！

忍是一种美德？屁

写这篇文章，是因为想起一件事，有感而发。

有次和几个朋友吃饭，其间一个和我不太熟的女的，说我：
"你文章写得不如某某某。"我回她："是是是。"过了一会
儿，她又说："某某某的文章写得比你的好。"我又一迭
连声说："是"，并补充，"某某某是科班出身，文字功底深
厚。"事实上，她说的某某某也是我的好友，当时也在场。我
也由衷认为人家写得很好。倒是她那样说，搞得那位也有点尴
尬。没过二十分钟，这女的又说："你文章写得不如某某某。"
我立即回她："你咋这么个玩意儿？"后来，我就把她骂哭了。

事后其中一位责怪我："你怎么这么没有忍性？不说她，
还有其他人呢，一点面子也不给。"

我说，"没揍她已经是忍耐了。"

不可否认，我的确不是个有忍性的人。

我对"凡事忍一忍就过去了""忍一时风平浪静，退一步海阔天空""忍字头上一把刀，忍得住来是英豪"之类的说法向来反感。

　　忍是什么？从字面看，是心口上有一把刀，而且刀刃锋利。那么忍，就肯定不是一种舒服的感觉了。

　　说忍是一种美德，毋宁说是性格。有些人很能忍，这个一部分是出自修养，但更多的是天生脾性好，并非刻意克制。这种人也有愤怒的时候，有时候也会自己气自己，但就是能忍。这里面不排除有懦弱的成分。

　　还有一种人，天性并不是好脾气的人，但遇事隐忍不发，那是心里在憋大招，所以忍辱负重。准确地说，这不是忍，这是一种谋定而后动的心机。

　　还有一种人，天性刚烈，遇事你让他忍，他就会觉得非常屈辱，忍久了，可能不是干成大事了，而是忍着忍着死了。

　　苏轼在《留侯论》中说：

　　"古之所谓豪杰之士，必有过人之节。人情有所不能忍者，匹夫见辱，拔剑而起，挺身而斗，此不足为勇也。天下有大勇者，卒然临之而不惊，无故加之而不怒；此其所挟持者甚大，而其志甚远也。"

　　这段话似乎专为韩信量身定做的。韩信当年碰到地痞流氓挑衅，宁可忍钻裆之辱，也不予正面交锋。后来韩信成就大事，这段经历便成了美谈。

对韩信的忍胯下之辱，我一向持有异议。真以为韩信是因为身怀雄才大略，不屑与无赖为敌才忍的吗？我倒觉得干不过对方认怂是真的！敌众我寡，不怂还能怎么样？韩信带兵打仗厉害，可没听说韩信打群架厉害。你看杨志，直接上去就把牛二抹了。

这种"忍"的文化，最容易助长恶势力。一个社会尤其如此，面对强权，面对恶霸，就因为大多数人的忍，才使其气焰日甚。

忍是一种策略，不忍是一种快慰。忍与不忍，视脾性而定。我个人以为，和不相干的人，在不值当的事上，不必太计较。和亲人朋友何须争高下。但是在是非原则上，不该忍绝不能忍，否则你就是助纣为虐，姑息养奸。

再者，让能忍的人忍，不能忍的人不要忍。让成大事的人忍，反正你是要成大事的，受点委屈也没什么。而泛泛之辈们，何须太忍？大家都是第一次做人，凭什么我就该忍着你？何况，忍不对了，会忍出事来的。

忍，是最能产生积怨的一种东西。所以，不要以为忍是一种美德。忍字头上一把刀，你得先搞清楚，这把刀伤到的是谁！

最近看到几个帖子，都是有关教人怎么忍的，比如《忍得住，世界就是你的》《当你一忍再忍的时候，不是成全欺负你的人，而是成全你自己》《发脾气是无能的表现，不生气就能消业障》。对这样的话，我只想说一句——屁！

厕所控

没错，我是厕所控，就是那种一旦进了厕所，千呼万唤不出来——就是说解决完问题也不出来，继续赖在里面的人。当然，有时不为解决问题，也可能待在那里——伤心难过了，没事偷着乐了……

真的很享受那种感觉——门一关，一拧，整个天下就是你的，不用解释，不用掩饰，没人抗议，没人打扰……你就是你自己，非常纯粹。试问，有哪个地方可以比待在厕所更有安全感、更有存在感呢？

别对我说，这多不卫生啊！现在是21世纪了，不是20世纪七八十年代，现在的厕所名字叫卫生间，通常都明窗净几，舒适着呢！

老妈对我这一恶习相当不满，吼道："一进厕所就不出来了，这世上还有爱在厕所待着的人哪！"我说，就算这个世界再怎么功利，上个厕所也不用那么目的明确吧。有时我刚要进去，老妈赶紧抢我前面进去，因为她知道我这一进去，那就要等好久。而她，又是一个没有耐心的人。

想知道我最近读的书和最爱读的书是什么，不用去书房，去卫生间就可以，那里从来都不缺少三本以上的书。大概没有哪一本书，第一遍不是在那个地方读完的。

见过那样优雅的女子，午后泡一杯清茶，慵懒地斜倚在沙发上，捧一本书，漫不经心地翻着；也见过正襟危坐于书桌前认真阅读的人。我想，这两种对我都行不通，不消一刻钟，就会哈欠连天了。而蹲在厕所看书就不同了——用蹲似乎不合适，现在都是抽水马桶，当然是用坐了——置一本书于膝上，或捧于胸前；或埋首，或仰靠……读到兴起，还可跷个二郎腿……真是要多自在有多自在。

上厕所而不读书，简直罪不可恕。

厕所控绝非异类，深得其趣者大有人在。欧阳修就总结有"三上读书法"——马上、枕上、厕上。由此可见，这般美妙的享受早有人懂得。

去别人家做客，会格外留意卫生间的装饰与布局，如布置得格外清爽而有格调，且芳香四溢的，便会对主人平添一分好感；若手边又置放几本好书，简直要肃然起敬了！

有一个想法，下次装修房子，卫生间要这样装修：马桶左边置一小书柜，一米多高，里面放有最喜欢的书；马桶右侧置一小桌，放一笔记本电脑，可上网，可写作……

有句话说"大隐隐于市"，建议把下一句改成"小隐隐于厕"，把"躲进小楼成一统，管他春夏与秋冬"，改成"躲进厕所成一统，管他春夏与秋冬"。

原谅我这一生不羁放纵爱自由

和朋友逛街，一圈下来，她对我的身材毫不婉转地表示了遗憾。但更让她愤懑的是我不以为然的态度。她说："你胖也就罢了，你为什么不穿一件塑身内衣呢？那个价格虽然昂贵了一点，但可以使你看起来比现在的样子瘦十斤。人胖，要懂得藏拙。"

我说："那个塑身内衣确实使人看上去显瘦，可是，那样紧紧勒在身上，不会不舒服吗？"

她说："是不舒服，可是美啊，时间长了就习惯了。"在她对我表达的诸多不满里，还包括我从不用眼霜，也很少用面膜……总之，就是不够精致。

我呢，百分之百承认她说得有道理，也诚恳接受她的批评，但绝不改正。因为……凡事就不可以让自己舒服为先吗？

首先，说我胖这事。我的胖，并不是遗传，家族没有这个基因，父母就是大家常说的那种不胖不瘦的人。两个姐姐身高一米六几，体重一百一十多斤，可谓标准身材。那我为什么胖呢？因为我爱吃，能吃，贪吃。别人讲究一顿饭吃七分饱，这样既健康，又不宜长肉。我呢，吃饭一定要吃十分饱，这样才觉得舒服而踏实。对我来说，吃饭这种人类第一等享受的事，一定要痛快，一定要尽兴，要全力以赴，这样才有仪式感。外甥小时候给我QQ印象评语是：大胃王。

第二，我爱吃肉。我是一个彻头彻尾的肉食主义者，身边的人都知道。我不爱吃水果，也不怎么爱吃蔬菜，或者说，在有肉的情况下，雨露均沾，才吃蔬菜。因为体重超标，血脂高，也曾试着多吃素，少吃肉，或者不吃肉，但是，完全行不通，因为吃素会让我心情郁闷、烦躁，觉得人生了无生趣。

林夕的公众号叫"有病就要多读书"，我的信条是"多读书，多吃肉"。因此，"宁可居无席，不可食无肉"是我的座右铭。谁要请我吃饭，只上素菜不上肉，交情基本就到此为止了。

我一同事，笃信佛教，前年一起下乡，他不吃晚饭。佛家讲究过午不食。到去年，酒也不喝了。大概酒是享乐之物，影响修行。今年春天一起出去考察，他彻底吃素了，大概与功德、福报这些有关。他讲人的福报是有限的，你用得多，可能来世就会受罪种种。所以，吃素是为了修来世的福报。而我，是信奉活在当下，生命就是要好好享受的。至于来世，随他去，大不过转头猪，别人吃我的肉。因此，每到吃饭时，两人挨着坐，他夹一盘绿色蔬菜，而我是满盘大肉，形成鲜明的对比。他用怜悯的眼神看着我，我也用怜悯的眼神看着他。

在吃肉这事上，我常给父母做思想工作，让他们别太执着于吃肉多会胆固醇高、血脂高这种说法。不吃肉，第一生命的质量会大打折扣，那样活二百岁又有什么意思。且不吃肉会缺少蛋白质，大脑营养不良，容易老年痴呆。最好的做法是想吃就吃，再加以适当运动。父母在吃肉方面，也的确不太苛刻自己。现在年届八旬，身体硬朗，头脑清晰。

作为半个文人，别人熬心灵鸡汤，我熬肉汤。

第三，我爱吃。我是那种兜里只剩下一千元的时候，宁可不买衣服，不买化妆品，也要吃掉的人。如果你问我这个城市哪条街有什么牌子的衣服、哪个化妆品保湿效果最好，我可能不大知道，但问我哪家火锅店在哪个位置，味道怎么样，我一定如数家珍。我能一口气告诉你十家鸡火锅的位置及特色、临河最好的几个烧卖店价格。

最近一个朋友正在减肥，吃食有严格控制，搞得我也心有戚戚焉，因为不能一起混吃混喝了。我说，你减一段时间就停止吧，人生如此艰难，美食是唯一的安慰，就不要为难自己了。在减肥的路上，每个人都是苦行僧。因此，一听到哪个人在减肥，我就悲从中来。

综上所述，这就是我胖的原因、胖了不宜瘦的原因、瘦了不宜保持的原因。

再说塑身衣这件事。我见过不少女士穿，就像铠甲，紧紧地箍在身上，看着都有窒息的感觉，遑论亲自穿了。我一个不惑之年的人，还要受这五花大绑？想也别想。减肥不是不可以，取消早晚餐行，但让我一日三餐浅尝辄止，不行。

这世界的一切事，不都是有所得就有所失吗？在美食与身材之间，我选择前者；在塑身和舒服之间，我选择后者；在取悦别人和取悦自己之间，我选择自己。因此，对于胖，我向来坦然待之。你享受了，你就得接受其附加的结果。如此是非分明，有什么好纠结的。当然，如果可以和上帝讨价还价，我倒更想得到只吃不胖的体质，问题是不行呀。

而胖的附加结果有，你无法因身材秀美赢得同性的艳羡，但却有可能因为体格健壮失去男士的爱慕，还有亚健康种种。怎么解决这些问题呢？无他，吃一顿火锅来安慰自己。

所以呢，我不减肥，不穿塑身衣，并且在胖的路上义无反顾，越走越远，像一个孤独的勇士。

别叫我"大姐"

最讨厌被别人喊大姐了，尤其前面还加个姓，简直让你想一个耳光扇过去。

出了三十岁的女性，想必或多或少都有被喊大姐的经历，三十岁喊四十岁的大姐，四十岁喊五十岁的大姐，五十岁喊六十岁的大姐……卖衣服的逮着谁都喊大姐。自从"小姐"的称呼被糟蹋了、"美女"的称呼被泛化以后，"大姐"似乎是一个不错的叫法，尤其对年长自己的女性。事实上，每一个被呼"大姐"的女性，未必都欣然接受，不定暗自翻了几个白眼呢。如果你有其他更好的称呼，绝不介意你替换。

身边的女性，说起被喊"大姐"，个个都有话说，且多是愤愤的样子。有时就因某人一句"大姐"叫得而坏了兴致。比如有次吃饭，坐我旁边一个八零后，殷勤备至，一口一个大姐地叫，那叫一个腻歪。

我闺蜜Z，最近被一新来的、据说年龄比她还略大一点的同事喊大姐而不爽，三番五次和我说起这事，一副气鼓鼓的样子。她说，你为了扮嫩喊我姐也就罢了，你还喊"大姐"，你还再加个大？"大姐"也就罢了，你还再加个姓？听听，和大妈差不多了。当然我这闺蜜不是善类，没过几日，因为一件工作上的事，把这位"小妹"好一顿训斥。

一次下级单位的一个科长来办事，进门就对我来了一句"余大姐"。我顿感不悦，表情霎时僵硬起来，心里骂了一句："大姐什么啊，你比我年轻吗？"大家一个系统，业务对口，对彼此的年龄都有了解，你和我同年你叫我大姐！你叫我"小余"也可以啊，你直呼其名也可以啊，甚至有事说事什么都不称呼也可以啊，你干吗一定要喊我大姐啊？早知道你喊我大姐，我就先下手为强喊你大哥了。虽然被叫大姐觉得吃亏了，如果我喊他大哥，岂不是更吃亏？那也不是我能做出来的呀。好吧，大姐就大姐吧，你都喊我大姐了，那就不要怪我摆出一副严肃的嘴脸和你说话。我都是大姐了，你还指望我怎么样？对你笑靥如花吗？不过转念一想，幸亏没叫我"小姐"。

我向来没有喊人大姐的习惯。我家老大我喊姐，而非大姐。对年长的同事呢，除了喊职务，就是喊职称，实在没有其他称呼可以喊，索性就把姓去掉，在名字后面加姐。但多数都是直呼其名，关系越好越这样。比我大二十多岁的陈慧明，文艺界几乎全部喊大姐。这里的"大姐"，和泛意义上的"大姐"不同，完全是一种尊称，既是对陈慧明年龄的尊重，更是对陈慧明艺术成就的肯定。我和别人说到她的时候，也以慧明姐相称，但面对她本人，都是直呼慧明，而她叫我"余"，彼此都很接受这样的称呼。也因了这个叫法，反而少了年龄的禁锢，互相调侃也不觉得没大没小。

我有一小朋友，也是同事，小我八岁，关系很要好。这小妮子就会来事，喊我"小余姐"，你想，叫职务太远，也太假，叫姐太近又太腻，毕竟没有血缘关系。而"小余姐"刚刚好，透着一股子亲近，还不失分寸。

既然大姐这么不受待见，那么对年长自己的女性怎么称呼呢？我的建议是有职务的喊职务，没有职务的喊职称，搞艺术的喊老师，去饭店喊服务员，买菜喊老板，买衣服喊导购……总之，汉语这么丰富，总有办法的。叫姐也不是不行，最好把前面的姓去掉，名字后面加姐；或者把名字去掉，姓后面加姐，总之，千万别把那"大"挂在嘴上。或者还可以邀宠卖萌一下，把姓和名都去掉，直接喊"姐"……

温馨提示：如果有天我老了，你最好喊我阿姨，别喊我"大妈"，否则，别怪我拽着你的胳膊打听你家闺女结婚没，孙子满月没……

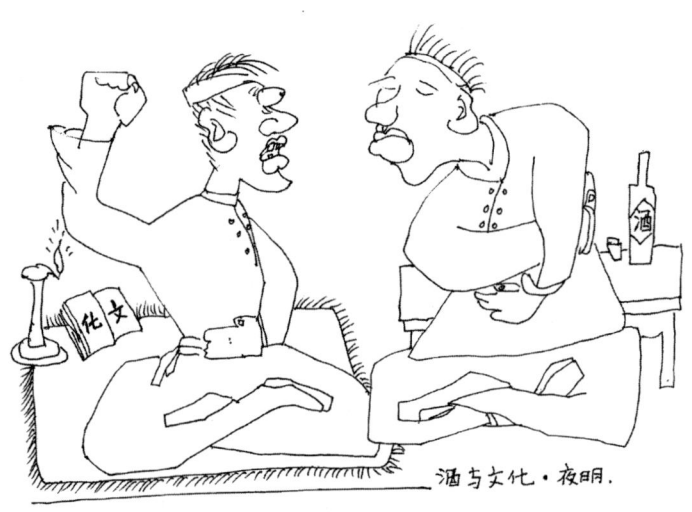

酒与文化·夜明.

当年糗事儿多

1

十八九岁的时候，觉得跳舞是一件快乐的事，三天两头跑去跳舞。偶尔会和家里撒谎，跟一群同学跳通宵，到了凌晨，眼睛都睁不开了，依然乐此不疲。

有年冬天，被几个同学喊去跳舞，散场回来11点多了，怎么敲大门都敲不开。那时住着平房，有院子，大门从里面插着。可能父母睡得太沉了，也可能是故意不开。天寒地冻，大半夜的，无处可去，只好背靠着大门坐下，脱了大衣盖在身上，就那样睡着了。不知道过了多久，被冻醒了，决定到二哥家去住。刚拐进巷子里，看到巷口吵吵嚷嚷进来几个年轻人，顿时紧张起来，怎么办？一着急，脑洞大开，把黑大衣脱下反穿上，一头长发向两边披散开来，双臂下垂，以缓缓的步伐向前移动……想必你也猜到了，对面过来的人一个个大气不敢出，以极快的速度和我擦肩而过。毕竟，那正是港产鬼片流行的年代。

走出巷子，穿过一条大马路，进入对面的住宅区。因为有刚才的经验，虽然黑乎乎的，倒也不怎么恐惧。只是，没走几步，一只狗狂吠着跟在后面。这片地方刚开始开发盖房子，不少房子没有院落，狗是散养的。然后呢，这家那家，大狗小狗，不同种类的狗像集结一样，狂吠着一路跟来。我拔腿狂奔，群狗在后面猛追，直到我拐进二哥家的小巷道才退去。那画风，现在想想也是太好笑了。

一次和好友去杭锦后旗玩，晚上去露天舞场跳舞。跳完往回走，忽然感觉气氛很紧张，回头一看，发现有四五个人跟在后面。两人吓得魂飞魄散，撒腿就跑。所幸，离住处不远，很快就到了。

不久，便过了爱跳舞的年龄，跳舞这个项目也逐渐式微。

2

三十来岁那会儿，觉得喝酒是件红火事，酒量不大，胆量不小，飙酒是常事。

有次喝太多了，半夜起来吐，怕呛到鼻子里，就用指头把鼻子捏住。结果呕得太厉害了，造成眼睛周围的毛细血管破裂，第二天两个眼圈是紫红的，就像刚被拳头打了。去了办公室，同事们用异样的目光看着我。我解释说："我这是昨天喝多了吐得太厉害造成的，不是被人打了。"一个要好的同事低声说："被打了就被打了，还刻意解释什么。"我仔细给她分析："如果是拳头打了不可能这么匀称，往往是一边轻，一边重。你看我两个眼睛分布得这么均匀，谁打人有这么好的技术？"她一想也是，这才作罢。

有年国庆，几个好友在一起庆祝，把啤酒白酒红酒奶酒兑到一起喝，然后，就喝多了。我和其中一个在另外一间屋子躺着，半夜她去冰箱找吃的，拿出一桶酸奶，应该有二三斤吧。她打开挖着吃了几口，说这酸奶不好吃，转手递给我。我吃了一口也觉得不好吃，太黏稠了。虽然口感不好，可是这么大一桶打开了，不吃岂不是浪费？我那节俭的美德就冒出来了，于是继续吃。因为口感实在太差，越吃心里越忧伤，最后简直是悲壮地吃完了这桶酸奶。第二天一早，起床做早点的主人大喊，谁把一桶白油吃了？我惊起一看，妈呀，昨天吃的是白奶油？而且是整整一大桶白奶油！

3

中学时，暗恋一名美术老师，鲁迅美术学院毕业，人长得帅，画画得好，简直太迷人（彼时吾年少，人家已有女友），几年后依然情牵牵意浓浓，不能释怀。终于有天街上相遇，互留号码，约好晚上公园一见。彼时不像现在，人与人之间约个会说个事可以去吃饭喝茶什么的。当夜月光如水，我一袭白衣，一头长发，加上年少的容颜，画面感还是很强的。

见面没几分钟，忽然肚子疼，想上卫生间。哪有什么卫生间啊，就是那种老式公厕。借着月光向厕所方向走。快到时，看到一条明晃晃的小径，直通厕所，于是不假思索地走了上去，只听"扑通"一声，膝盖以下位置已经在水里了。如果是水吧，也还好，那是什么呢？确切地说，是粪水。可能是浇地，或者下大雨的缘故，水灌到了厕所的粪池里，溢了出来，流到了乡间的沟里，月光下看上去就像是一条白亮的路。那颜色，那味道……最主要的是那尴尬。而我爱慕的那位就在不远处目睹着这一切。情急之下，我一边打手势，一边大声喊着让对方不要过来。然后，向不远处的一个水池奔去，跳到水里，洗涮了一下，出来也没和那位打招呼，径直回家了。

4

2000年，刚学会上网，每天兴致高得不得了。既然上网，当然会聊天了；既然聊天，当然会聊出点什么了。

当时有一个聊得很投缘的，差不多聊了几个月，心向往之，约定见面。精心装扮一番，翩然前往。到了饭店一看，我的天呀，坐在那里的，是我一同学的老公。这场面，可不是一般的尴尬。好在心理素质好，很快装作没事似的，开始骂对方不诚实，早说出真实姓名，哪有这劳什子事。

2001年和好友去北京玩，准备回程时，两人说不如见见网友呗，来趟北京不容易。那时两人都有聊得不错的北京网友。

见就见呗，分别打电话。过了不久，来了一个，我立即开启谈话模式，一顿穷聊，可谓相谈甚欢。送走这个，另一个也到了，好友更是聊得不亦乐乎。聊着聊着，觉得不对劲儿，这位说他是"新浪的IT"，可是，明明我的网友才是"新浪的IT"呀！如果这个是，刚才那个……两人纳闷了，难不成我见了她的网友，她见了我的？

当年糗事儿多，继续写的话，怕得写出个长篇。不过，在每个阶段干了每个阶段想干的事，也算有糗无憾！

酸辣酸辣的乡愁

　　刘瑜的乡愁，是中友百货的夏季打折，是肆无忌惮地闯红灯，是中关村附近的盗版光盘，是人大食堂里那一盘晶莹剔透的猪头肉。

　　那么，我的乡愁是什么呢？

　　是塞北夜空中那一弯清冷的明月？是冬日小院里飘出杀猪菜的香？是儿时门口那块青灰色的大石板？还是亲切熟悉的家乡小调儿？

　　不，统统不是。我的乡愁，才没有那么诗意、那么浪漫——它就是一盘酸咸菜而已。它可能是一盘酸蔓菁，也可能是一盘腌黄瓜，是烂腌菜，也可能是腌芥菜，还可能是出门随手装在口袋里的红腌菜。

　　因为近年频繁出门，所以我知道了我的乡愁不仅质朴，而且浓厚。每次走上三五天，便觉得吃什么都不够味儿，吃什么都少了点儿啥，筷子总是不经意间伸出去又收回来。每到食堂，一坐下就等着服务员先端一碟咸菜上来。可是，只要离开河套，基本没有这种待遇，于是，一顿饭便吃得心不在焉。

人，只有离开家乡的时候，才知道家乡的什么东西最令你眷恋。

有次在银川，进了一家饭馆，居然看到了咸菜，兴致勃勃地过去拿，一问是要钱的，一小碟两元。我买了一碟，几口就干掉了。又去买了一碟，才没几口，又没了。那个时候，就觉得我大河套真是好啊，无论大小饭店，咸菜都是免费供应，且不止一种。只要你吃得下，取多少都可以。如果打包带饭，一大盆咸菜就在那里放着，随便拿。

朋友讲了一件趣事。单位组织出去考察，有一人带了一瓶咸菜，大概没封存好，搞得满车厢都是咸菜味儿，于是大家你一言我一语表示嫌弃。到了目的地没两天，一到吃饭时间，一群人眼巴巴地盯着那瓶咸菜，尤其是闻着那股酸辣酸辣的味道，简直馋涎欲滴。

夏天和家姐去北京，走时装了几根酸黄瓜，去了没两天，酸黄瓜因为缺盐汤，变了味儿，不能吃了，扔的时候却万般不舍。

胃是有记忆的，从小到大，我们可以没有肉，可以没有水果，但吃饭从来没缺少过咸菜，我们的味蕾已经习惯了它无时不在。

河套的咸菜品种多，一年四季不重样。夏天到了，腌一瓮酸黄瓜；秋天来了，泡坛烂腌菜；冬天酸蔓菁，到了春天，还有好吃到不能再好吃的红腌菜。

说到红腌菜，就得多费点笔墨了。

在所有的咸菜里，红腌菜是一奇特的存在，也算是河套人智慧的结晶。它可干食，可泡食，可下饭，亦可随身携带当零食。出门时带上一包，便没有了吃不到咸菜的缺憾。

上好的红腌菜，当然是用酸蔓菁来晾。把头一年冬天腌的蔓菁，到第二年春末快放不住的时候切成条，晒干，再用原来的盐汤放上辣椒煮，煮烂了捞出来继续晒干，便可以了。那酸辣酸辣的味道，只需一根，便足以令你口舌生津。辣条什么的与之相比，简直太逊了。

2013年腿部骨折做了手术，按要求不准吃辛辣刺激的食物。好友看我百无聊赖，就送来一大包她舅妈在乡下晾的红腌菜，味道相当正宗。手术后没两天就忍不住吃。整个住院期间的枯燥生活，全凭这包红腌菜陪我挨过。

咸菜对河套人有多重要？可以从这些俗语一见端倪。比如，"咸菜一盘，喝个没完""说书离不开员外，吃饭离不开咸菜"。而酸蔓菁，更有"河套硬一盘"之美誉。在过去，谁家咸菜腌得好坏，可以成为衡量这家主妇操持茶饭好赖的标准。

河套咸菜味道之好，绝对独树一帜。韩国的泡菜也好吃，但和大河套的酸咸菜相比，唯独少了那么一点硬朗、泼辣和纯粹。

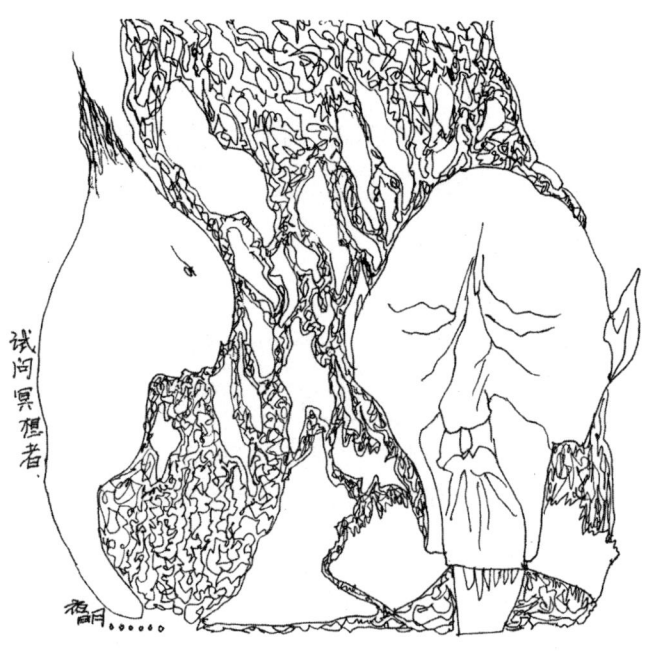

试问冥想者.

夜朗......

194

刘一公子

前日丢了手机充电器，在朋友圈发了一条动态，问当地朋友哪位有多余或弃用的华为手机充电器可援助。

不一会儿，下面出现一条留言：把地址发过来。

发了地址过去。对方问："急吗？急的话我让人先帮你寄，不急就等到了驻地给你办！"

我说："不急！"

很快，一部崭新的充电器收到。

大约是2015年，在微信群"行走的书房"里，发生了一件事。一个据说是山东的袁姓诗人，在群里发一些具有色情意味且歧视女性的图片和段子。我忍不住说了句："这种笑话发这样的群里太低俗，还是自己私下欣赏比较好。"

没想到一句话炸了锅，引来对方连珠带炮的攻击。

虽然我也回怼，但明显处于劣势。一来我是女性，言语有所顾忌。二来那是一个读书群，里面学者、教授，作家云集，不能有失体统。

很快，我便败下阵来。奇怪的是，当时群里其他人也好像集体不在线，没有一个人说话。

就在这时，一位叫"刘一公子"的发了一句话："一个人，他可能没有妻子，也可能没有姐妹，还可能没有女儿，但总会有一个母亲吧。"

此话一出，对方便不再吭声了。

为什么把这两件事放一起说呢？因为这两件事的主人公是同一个人——刘一公子。

当然，后来知道了他名字叫刘绘夫。

此后我们并无太多交集，加了他微信也仅限于节日时问候一下。因此，我对他的年龄、职业、居住地一无所知。但"刘一公子"这个名字，却是深深印在了我脑海中的。虽然那不过是一场口舌纷争，但对当时的我来说，如同集市上遇到无赖纠缠，既难堪又无助，有人挺身而出解围，心里委实一热。况且，那个解围的方式也是恰到好处。

和朋友谈到充电器的事，他责怪我："为啥麻烦人家大老远寄过来，自己上街买一个就好了嘛！"我说："对我来说，它不只是个充电器，它是一份情谊，是和一个相隔千里之外朋友的一种交集。"

迄今和刘绘夫先生的交流也不过寥寥数语，但却有一种老朋友之间才会有的信赖感和亲近感。这除了对他人品的敬重之外，大概也与他沉稳内敛的性格有关。他言语不多，但说话非常温和，谦逊，有礼貌。有次我在朋友圈发了一张徐晓冬的漫画图片，他转发给了对方，后非常歉意地和我解释，说事先没有打招呼就把图片转发了。这让我想到一句话：谦谦君子，温润如玉。

在当下，成为朋友还有很重要一点——价值观相同。现在人和人不需要见面，从朋友圈就可以反映出一个人的思想、认知、趣味及内心世界的真实好恶。他很少发朋友圈，但我是那种时不时发点什么的人，特别是总对社会上发生的一些不公平现象发表看法。他偶尔点赞，也会予以关切的叮咛。

对刘绘夫先生多一点的了解，纯属偶然。有天清理微信，划到他名字时，突发奇想，把他名字放百度搜了一下。还真搜到了相关的信息。第一条是《我要赞体育》栏目对刘绘夫先生的一个采访。由此知道，他毕业于成都体院首届武术专业本科班。幼年跟随峨眉派功夫余松祥学习余家拳，又拜富顺邓八公为师，习练浪子燕青十八翻等民间传统实用武术。此后进入传统武术和武术散打专业训练与教学。曾任绵阳师范学院武术散打队教练；青城山道教学院教务主任、武术散打教练。先后组织2004年、2007年四川省高校武术散打擂台赛，包揽多个级别冠亚军。现任《峨眉传奇》世界格斗冠军赛运营总监。

第二条信息，是高等教育咨询网的一个教师库页面，下面有一条学生给他的留言：真没想到在这样的学院还能遇到这么好的老师，知识渊博、魅力十足。谢谢刘绘夫老师给予我们的力量、勇气和信心。谢谢您给予我们的启迪和鼓励。相信终有一天我们也会像您那样睿智、笃定、坚毅和达观。爱您，刘绘夫老师。

看后我不禁一笑，难怪他身上兼具侠义之气与仁者之心呢！原来既是一位武者，也是一位师者。

"把天聊死"的人

和一微信朋友聊天，没聊几句，就被对方拉黑了。原因是我问他叫什么名字，他让我猜。于是我就由二蛋、狗剩、满仓、富贵、铁柱、旺财、引弟一直猜到爱花、三娃……接着，就发不出去话了。

有次吃饭，在座的有一位职位颇高的领导。聊起来，他说他是杭锦后旗沙海镇出来的。我随即惊呼，哦，就那个出墓虎（民间传说人死了还可以出来行走）的地方呀？对方立即面露不悦，整桌饭都不怎么搭理我。

某历史大人物诞辰纪念日，群里有人发话说，特别怀念这位大人物。我随口接了句：怀念不如相见。然后……就被踢出了群。

路遇一故交，热情洋溢地拉着我的手说："好久不见你了呀。"我说："是啊，是啊……你不请我吃饭，我不请你吃饭，怎么会见得着嘛。"对方就不再说话了。

把天聊死这事儿对我来说，简直不胜枚举。有句话说"话虽不多，句句砸锅"，大概就是说我这样的人。虽然因此屡遭嫌弃，却也没什么办法，情商低的缘故。

去年看过一则新闻，说河北邢台警方捣毁一个藏匿在邢台市区的假币窝点。抓到嫌犯审讯时，警察问："为何要制假币？"嫌犯答："因为真币做不出来。"

这天聊的，简直太牛了。

买车犹如选男人

决定买车的时候，对车一窍不通，只看到满大街跑的车，看不出好车差车；什么国产进口、三厢两厢、几点几排量……

第一次看车，大众、雪佛兰、现代、别克统统浏览一遍，听客服介绍性能，听得云里雾里。看中的第一辆车，是"起亚秀尔"。那天是和大哥一起去的，一进展厅，大范围扫了一遍，目光就停留在那款车上。这车看起来别致、个性，很符合我低俗的审美。对大哥介绍的狮跑、智跑、K系列统统充耳不闻。

走出展厅，大哥说："我就知道你会看上这类车。"

此后，还分别看中了"长城C30""长城哈弗M2"等等，反正都潮范儿十足。大哥说："你看中的这些车，都不是稳重型的。"

就这样不时地看看车，差不多有半年，对车逐渐熟悉了起来。当初看中的那几款个性车，早已淡出视野，这时候喜欢的是SUV，一路把途观、途胜、狮跑、ix35逐一研究个遍。只觉得SUV多酷、多气派啊！我甚至讽刺大哥的"凯美瑞"土得掉渣。

买车哪那么容易！转眼看了有一年的车，对各种车的性能、级别、性价比已经非常了解了，走在大街上，扫一眼基本就能认出是哪一款车。此时，我又开始钟情轿车了——迈腾、天籁、迈瑞宝……全都纳入考虑的目标。

那么，最后买了什么车呢？说出来有点不好意思，是"马自达3星骋"，一款两厢运动型车，十四万多。为什么选择了这款车呢？一是因为这款车造型漂亮，价格适中；省油、操控性也不错。二是看了这么久的车，再看下去也不是个事儿，干脆心一横，定一辆好了。

当然，这期间也看过不少名贵车，奔驰、宝马、奥迪……也就过过眼瘾而已，那哪是咱这条件能买得起的呀。就算倾家荡产背一屁股债买个宝马，买得起，养得起？保养一下，就要了咱的命。这就不说了，咱又没有车库，整日放楼下，心疼雨淋日晒，还时时担心贼惦记着；上个街停路边，又怕被划了；偶尔不小心刮擦一下，疼得跟掉块肉似的，这不找不自在吗？十几万的车呢，不用背贷，也不怕刮擦，更不怕贼惦记着，走哪停哪……

话虽这么说，不过每次看到豪车驶过，总不免要吞咽几下口水。

由买车经历，忽就想到，这买车和选男人，真是异曲同工。想我们十七八岁的时候，情窦初开，看中的往往不是学习最好、最循规蹈矩的男生；而是坏坏的、有点痞子气的、着奇装异服、喜欢用拳头说话的角儿。正如赵赵说的，年轻时，谁没喜欢过几个小混混啊！上了大学，对男人的审美开始有了变化，要高大帅气，阳光健美，最好是校篮球队主力或校草什么的。及至大学毕业参加工作，面临婚嫁，对男人的审美开始趋向了现实，要长相上乘，家境宽裕，受过良好教育，还要在单位有点儿前途的；既实用，也要拿得出手，怎么也得配得上自己吧。

事实上，在选男人的路上，兜兜转转，来来往往，最后跟定的多数是一个平平常常、扔在大街上引不起什么回头率的男人。虽说心里也是万分不甘，觉得委屈、觉得应该找一个比这个更好的、至少是旗鼓相当的，但现实哪会以你的意志为转移啊。当然，找这样的男人好处是：过日子踏实、省心。

有多少女人是和自己仰慕的男人结婚的呢?

只是，有时看到对面走过的女人挽一个高大上的男人，心里还是要失落一下。

一个出类拔萃的男人，一款名贵的车，是女人的梦想，可是，梦想总归是梦想，一是够不上，二是就算老天开眼，真一跤摔在某人脚下，上演邓文迪与默多克那一出，这日子也不大安宁呀，要防贼防盗防对方审美疲劳，多累啊！不是公主，就不要惦记着王子。

无论买车还是选男人，最后选定的通常都是符合自己的那一款！

比如我吧，最爱的车是辉腾，但不妨碍我开个马自达满街跑；我最崇拜的男人是周润发，也不影响找个家常男人过普通日子呀。

无处不在的"尬"

去公园走路，习惯逆时针转圈。走了一会儿，迎面过来一个久不联系、但当年交往颇频繁的旧识。眼看着对方走近，转身已来不及，只好堆了笑容打招呼："走路？"对方回："走路……"

尴尬写在双方脸上。走了一圈，在另一位置又迎面相遇，同样的笑容："走？""走……"

擦肩而过后，心里暗暗骂一句：有病啊你，干吗要反着走呢。走了几分钟后，计上心来，他顺时针走，我何不也顺时针走，这样我肯定会在他后面或前面，就绝不会迎面碰上了。于是，调转身往回走。五分钟后，迎面碰上，这次，更加尴尬。

应朋友之妻邀约，去她工作室吃饭，在座的还有两个和她一起做直销产品的同行。菜端上来，大家边吃边聊。三位不断给我介绍她们代理的产品。我呢，因为和大家不熟悉，话相对就少。再加上一贯不吃早点，到了12点多，早饿了。虽然已经很克制了，可是，一碗米饭分分钟见底。抬头看，人家几位的米饭还没怎么动呢。怎么办？万一让她们发现我的碗这么快就空了，岂不是很尴尬？可是，万一没人发现我的碗已经空了，我端着空碗在那里作吃饭状，岂不是更尴尬？好在没多久，朋友妻发现，给我盛了饭。

过了几日，这位朋友妻又叫吃饭，做了好吃的麻辣香锅。锅子上来两个人开始吃，中间朋友妻去盛了米饭上来。吃了几口后，发现这碗米饭有点奇怪，首先是一个大碗，然后米饭是瓷瓷实实压上去的。估计是看到我上次的表现，专门照顾我。因为开始吃了不少麻辣香锅，差不多就饱了，而我又是个粗心的人，扒拉前两口米饭，没注意到这碗米饭的不同，发现时已经晚了，动了筷子了。怎么办？总不能再给人家拨出去吧。于是，吃又吃不下，剩又不能剩……一顿饭吃的，怎一个尴尬了得。

有一年夏天，上朋友饭局，上台阶时闪了一下，把凉鞋带子崴断了。在座有位男士骑着摩托车，主动提出载我去修鞋摊修。因为穿着裙子，乘摩托车不能骑着，只能侧坐着。为了保持平衡，我右手抱着这位男士的腰。车到了修鞋摊停下，这位男士马上和一位正在修鞋的女士打招呼，并给我介绍："这是××，我媳妇。"顿时我就石化了。

尴尬这事，简直无处不在，有时候比小说还离奇。比如，你蓬头垢面，出去转悠一下，最怕碰见谁？当然是前任了。可是，你十辈子碰不见的人，又无数次想要碰见的人，就在你最邋遢、最不堪的时候，迎面碰个正着。再比如，上班迟到，最怕碰到谁？当然是领导了。可是，在电梯徐徐打开的一瞬，出现在你眼前的，往往就是领导那高大光辉的形象。

2009年秋天，处里拍《二黄河》电视风光片，要拍几个学生骑单车驰行于河堤岸的镜头。结束时，有一个学生的自行车爆胎了，我把自行车让给了学生，自己步行。这时，后面来了一辆三轮车，我赶忙拦住搭了上去。三轮车上奇脏，大概是拉猪羊的，根本无处落座，两侧护栏坐又太危险，只好双手抓住前面的护栏迎风而立。

转眼三轮车就到了城里。我心里开始嘀咕：可别在这个时候遇到熟人啊！结果车刚停下，就听有人喊："小余……"我扭头一看，一个过去的同事正笑眯眯地看着我说："你站三轮车上的样子，跟要英勇就义似的！"

尴尬于我是常事，估计这和我粗糙大意的性格有关。

据说在2017年的网络调查中，"尴尬"一词的出现频率相当高，甚至因此产生了一个时髦词——"尴尬癌"，用来表达生活中无处不在的尬。随之衍生出来的还有：尬聊、尬舞、尬唱……

"尬"，正成为一种文化而存在。

做一个文明的悍妇

1

我是一个文明的人、有素质的人。不信？我受过高等教育，受制于学教；父母家风严格，受制于管教；身在体制内，受制于政教……身为女人，囿于形象，言谈举止也不至于太放肆，还算得上孺子可教。何况，从小还接受过"五讲四美"教育呢，凡事不能说深明大义吧，至少待人以礼，有事说理还是做得到的。连一向以贬损我为能事的老妈都说我开车文明，不毛躁，不抢道，还总主动让道。当然，这里不排除有技术因素。

我算不算得上是个文明的人呢？这不是重点。我真正要告诉你的是——其实，我是个悍妇。

这样说吧，如果有一天你在街头看到一个长得和我很像的人正和人吵架，那么恭喜你，你没看错，那就是我。如果有一天你在某商场看到我正和售货员戟指对骂，不用疑虑，基本也可以断定是我。没错，我差不多具备文明人所有的硬性条件，但却表现出了悍妇的行为特质。

2014年中秋，在国泰买了一双鞋，价格不菲。第二天穿了上班，基本是不走路正常，多走两步后脚帮生疼。中午回家一看，后脚部位磨得皮下出血，于是提鞋直奔国泰。一路心想，中国的商家没有退货习惯，肯定扯皮，但我要做一个文明的顾客，一定要和颜悦色，动之以情，晓之以理。到了售鞋部，说明来意，提出能否退鞋。对方一听退货，毫不犹豫，立即回我，退是不可能，换一双可以。我再次申明，现有的鞋没有我中意的，可以以后再过来买，是国泰的老顾客云云。对方又提出一个貌似合理的提议，钱不退，但可以在任何时间过来挑选鞋。我拒绝了这个提议。接下来任凭我怎么苦口婆心，低声下气，就是不给我退。我提着鞋去二楼找楼层经理，说明来意。经理态度轻慢，说最好是换，退的可能性不大。我又一番苦口婆心地陈述，间或把国泰的商业品质、诚信服务大赞一番，心里还暗暗赞叹自己，这口才，这素质，啧啧，真的很有范儿啊。

那经理呢，这中间接了三个电话，看了两次手机，哼哼五次，最后总结一句："不行，最好换货。"那一瞬间，我忽然莫名其妙地想笑，是非常地想笑。

再次返回鞋摊，我把鞋"啪"地扔在地上，对着那几个售货员开始骂，从否定她们的商业信誉到她们做人品质以及不退鞋的严重后果，竭尽呵责贬损威胁之能事。那几个女人稍一停顿，一起对我开火……大约三分钟后，战争结束，其中一个貌似负责人的女人说："好好好，给你退，给你退。"

最后，鞋款全部退还，并做了礼节性的道歉。为什么会出现这样的反转呢？说实话，吵不是关键，吵赢才是关键。在这场战争中，我发挥得还是很稳定的，总结有三点。第一，声音大，虽然平时唱歌没嗓子，但是那个时候，嗓门高八度。即使她们几个人，在我的"气壮山河"之下，声音也被掩盖。第二，语速快。基本她们说一句，我已经几句出去了，从量上占有优势。第三，基础好。从小误读两本薄书，词汇储备丰富；长于乡间，对骂人的话也有一定研究，名词动词量词随口就来。

从商场出来，我心里想：所谓人要适应社会，是要这样适应的吗？

2

以前在旧住处，对门住着一个疯子，哦，那时还不能算是疯子，是酒鬼吧。据说这人每天吃一个馒头，却要喝两瓶白酒，整个人看上去形销骨立，目光呆滞，像一个行走的圆规。这人因为喝酒上不成班，老婆带着孩子走了，只和一个七十多岁的老母亲一起生活。忽然有一天，这人就"发疯了"，先是殴打老母亲，于是女儿来了把老太太接走了。接着开始在整个单元闹事——敲门、踹门、吼叫、谩骂……那栋楼住的，多是六七十岁的老头老太太。这人每天逼迫单元的老头老太太们给他买酒，不定什么时间就擂门。当这个疯子开始踹我家门的时候，那些老人已经躲走好几天了，我因为不和这些老人接触，不知道发生这事。那天门忽然被擂得咚咚作响，我一下子蒙了，不知道发生了什么事，也不敢开门。声音停顿后，我偷偷地去猫眼一望，是对门的男人。我问："有事吗？"这人大声吼着让开门。我哪敢开啊。这人就开始用脚踹。怎么办？赶紧报警。

打了报警电话，胆战心惊地等着。很长时间后，有警察回了电话，让趁对方不在门口时，赶紧下楼。原来在我之前，已经有人报过多次警了。警察对这个人的行径了如指掌。我要求警察上楼把那人控制住。警察回话，这个人是疯子，我们上去还怕被招架一下了。

为这事我报过两三次警，但并没有得到有效解决。没办法，只能回去父母那里住，有时等到很晚，才蹑手蹑脚地上楼，早晨天不亮就赶紧走。这人白天门就敞开着，好像专门等我出现。

就这样过了几天，父母说不能住了，有危险，提议把房子卖了。我呢，越想越气愤，越想越伤心。经过一番思想斗争，我决定回家。一天下午，我很平静地上楼，开门时，那人像狼看到猎物一样，嗖地站起来，骂骂咧咧向我屋子走来，进了屋一屁股坐在沙发上，对着我大骂。我去阳台那里，拿出一个羊角锤子，过去对着正骂得酣畅淋漓的那家伙双膝上狠狠地敲了两下。那家伙本能地跳了起来，一边骂一边跑回自己的屋子，站在他家的门沿上继续骂。我锁了门下楼走了。20多分钟后，接到陌生电话，是警察，说有人报警我打人，让我回去接受调查。一听是警察，我就笑了，当然，也不免顺便讥诮警察两句。事实上，警察对我的嘲讽心领神会。简单问了两句，便不了了之。

第二天下午，我出门。那人看到赶紧跑到门口，对着我骂。但很明显没有要跨进我屋子的意思。我下楼梯，要路过他家门口，心里不确定经过他身边时，他会不会动手。这样想着，腿已经迈到那人跟前，忽然毫无意识地、以迅雷不及掩耳之势抬起左脚向那人踹去，然后撒腿向楼下跑。气喘吁吁跑到楼下，心都要蹦出来了。晚上回去，看到对方的门是关着的，一连两三天，再没看到门开。有天在楼下碰到那人，我警觉地盯着他。那人看到我，嘴里低声嘟囔着什么，走近时，居然把头低下不看我。又过了几日，再没有动静了，据说是被家人送到精神病院治疗去了。

3

去年夏天一个中午，正午睡，忽然被"滴答、滴答"的声音惊醒，循着声音过去一看，我的天，厨房从灶台到地上，都是水，天花板上布满水泡，正不停地往下滴。很明显，楼上漏水了。

我赶紧跑到楼上去敲门，考虑到楼上住的是一对六十多岁的夫妻，我非常轻柔地敲了敲门。过了一会儿，门开了，是男主人。我面带微笑、语气温和地说："打扰了，你们厨房似乎在漏水，水渗到楼下了，挺厉害的。"男主人说："我们家没有漏水的地方，那可能是暖气管漏水，你得找供暖公司。"我说："您还是检查检查吧，看哪里有漏水的地方，不行给物业打电话，让他们过来看看。"男主人说："物业这个时间不上班，等上班了我会打的。"于是，我就下楼了。

过了20多分钟，漏得更厉害了，已经成了噼噼啪啪的声音。我赶紧再跑上楼敲门，这次开门的男主人明显不耐烦，说："我们也在等物业，你催也没办法。"我说："漏得更厉害了，要不您下去看看？"对方说："我会去的，你回去吧。"于是，我又下楼了。又20多分钟过去，很快就到上班时间了，我只好再次上楼。这次我没用指头敲，直接用手掌拍。门一开，我就吼……

男主人立即跟我对吼起来，事实上，我吼得更大声，我的表情更狰狞……吼了几句后，男主人说："好，我跟你下去看。"下来一看，他自己也不好意思了，赶紧给物业打电话，约半个小时，有人过来看，是他家的水管子接口漏水。这已经是他家第二次漏水了。

4

这就是我，一个悍妇的成长史。事实上，每次以这种方式和人争执，心里都沮丧得要命。当有些人漠视法律、不讲道理、不按规则办事时，你想安安静静地做一个讲文明、讲道理的人，实在是很难。文明在野蛮面前，常常表现得羸弱、幼稚和可笑，反倒是野蛮和暴力表现出了强大和理直气壮。就如有个作家说的，"历史给了我们一个特别有意思的警示：不要沉迷于我们的文明进步当中，我们其实是经常被野蛮所征服的；而当野蛮征服文明的时候，文明会像贵妇一样落荒而逃。"而我，只是选择了在某些时候以野蛮回敬野蛮，最后也沦为了野蛮的一部分，进入一个恶性循环链。

所幸，这类事情在生活中只是小概率事件，并不常发生。而且，在十次中，以这种方式解决的比例仅占一次或两次，第一，我不住地告诫自己，我们是文明的人、有素质的人，绝对不能以吵架这种粗鲁的方式解决问题（最后常常是自认倒霉，没有解决问题）；第二，其实我是个厌人，一和人吵架内心就紧张得要死，就像给猫披上铠甲假装老虎去战斗，虽然看上去雄赳赳的样子，其实我只是猫而已。第三，以各种国学糟粕告诫自己，比如，多一事不如少一事，小不忍则乱大谋（我有个屁谋啊），退一步海阔天空，吃亏是福，等等。最后的结果当然我就是吃亏的那一方、被动的那一方、挨打的那一方……如同行走江湖，别人拿着刀，我拿着扇子。

或者说，这就是一个全民恐慌的时代，一个集体性焦虑的时代。人们因为缺乏安全感而高度戒备，从而缺少了责任和担当。如果人人都有安全感，有尊荣，可能人人才会讲规则，有底线，有公德。

　　可能这也是社会过渡必然会出现的症状，毕竟，造就更良好的公民素养，需要的因素很多，比如严明的法制、负责的公器、良好的社会秩序，等等。所以，我还是愿意以积极的心态来对待。不过，在此之前，是不是还要做做悍妇呢？

巴彦淖尔的名编们

我这儿说的名编，专指巴彦淖尔日报和晚报文化版、文学副刊的编辑。

1

我是1998年夏天认识李明升老师的，至2018年，整整二十年。那时我二十来岁，明升老师时任《巴彦淖尔日报》周末副刊主编。当时，"永济游乐园"刚刚建成，为扩大影响，在游乐园举办了一个文学笔会，作为组织者一方，我参加了活动，因此结识了明升老师。

1999年，我写了一篇叫《拒绝扶桑》的散文，投到了《巴彦淖尔日报》周末副刊，明升老师给刊发了，并给予很好的评价。这是我发表的第一篇稿子，具有纪念意义，因此印象深刻。

明升老师的编辑水平是业内公认的功力深厚，有时只是细微的改动，就会令你茅塞顿开。我初涉文学时，发表的第二篇文章《痴迷》中，形容一桌子吃饭的其中一人哼唱黄家驹的歌，我写的是："细看，竟是与我发生龃龉的那位。"稿子发表时，他把"细看"改成了"一看"。我问他为什么改，他说："一个桌子吃饭，还用细看？一看就知道了嘛。"

前几天刮大风，我改刘邦的《大风歌》调侃，我是这样改的："大风起兮裙飞扬，威加海内兮皆春光，安得君子兮不乱望？"

他在下面留言："安有君子兮不乱望？"一字之差，效果大不同。也因此，我的《今夕何夕》《如此而已》两部作品出版时，都是先请明升老师校阅过后才交付出版社。他看了，我踏实。

巴彦淖尔的资深写手，很大一部分都是明升老师在那个时候扶植起来的。他是一个眼光独到的编辑，很善于发现人才，也是一个不遗余力栽培人才的编辑。

1998年期间，明升老师办的《鲁丁快车》栏目，以机智幽默的问答，受到读者喜爱。好多人说，每到周末，不看《鲁丁快车》就觉得这个周末没过。

明升老师曾说，不会写文章的编辑不是好编辑。他当然也是说到做到，创作了大量文学作品，出版了小品文集《鲁老编邮递快车》，小说集《李明升麻辣小说》，散文集《草根集》等。后来又写了很多摩旅游记。读明升老师的作品，是一种享受，这不仅指作品的深度，最主要的是表述方式，深入浅出，风趣幽默，读起来特别轻松愉快。

2

因为生活中也是朋友，我贯呼他为兄。

秉忠兄开始是新闻部编辑，自己也采写，文笔亦是了得。后来岗位调整，他调到文化副刊任编辑。秉忠兄的特点是，尽可能保留作者的原创性。除了逻辑错误、语法错误、标点符号错误，一般不会对作者的文章大幅度修改。能发就发，不能发就不发。

有一年我写了一篇杂文《闲话吕布》，副刊编辑大概没看上这篇稿子，所以不发。结果那位编辑有事请假，秉忠兄代替几日，就把那篇稿子发了。事实上，那篇稿子受到不少读者喜爱，在不同的场合上，得到众人的夸奖。他从新闻编辑岗位转到了文学副刊后，亦发表了我大量的作品。

在秉忠兄担任文化副刊编辑那几年，巴彦淖尔涌现出大批女性写手，且个个文笔过硬。有人戏言，说自从刘秉忠担任文学编辑以来，女作家如雨后春笋般冒了出来。其实，那几年男写手也层出不穷。

说到河套民俗作家，人们第一个想到的是谁？当然是刘秉忠。他创作的《河套故事》可谓深受人民群众喜爱，一版再版。近年离开编辑岗位，更是笔耕不辍，有大量描写河套民俗、民风的文章问世，比如《软筋软筋的河套油糕》《一盆面条两头蒜》等。不仅中年人可以在文章里找回过去的记忆，年轻人也常常被他生动有趣的描写打动。

秉忠兄文笔之干净，是公认的。我担任《河套灌区·科技与文化》编辑，发表过秉忠兄一篇稿子。出于编辑本能，总想从中找出点什么，可是稿子看了三遍，无一字可动。

3

你别不信，有的人，天生就是当编辑的料，比如王建新。

建新巴彦淖尔师范毕业后任中学语文老师，但出于对编辑这行的热爱，硬是调到了报社。我认识他时正任黄河晚报副刊编辑。那几年，是我写作的高峰期，基本每星期都有稿子见报。他见过我的稿子，我听过他的名气，但两人从未谋面。

直到有一天，他打电话相约吃饭，这才见了面。后来他开玩笑说，人家是作者请编辑吃饭，到了他这里，成了编辑请作者吃饭。那次见面，建新谈了不少对我作品的看法。

建新的编辑特点是，对稿件的要求特别严格、讲究。他认为文字应该有修养，不能粗糙。一句话中，是用这个词，还是用那个词，他会认真推敲。他常常一针见血指出一篇文章精妙在哪里、败笔在哪里。他是那种看上去特别儒雅斯文的人，说话慢言慢语，和颜悦色。所以，即使他当面指出你文章的不好，你也不会恼怒。

有一年我们处举办"河套水利文化研讨会"，邀请了巴彦淖尔知名编辑、作家参与。我把邀请函送到建新手里，他只扫了一下，就指出一个错别字。所以我常说，他是天才编辑。

　　在晚报副刊时，他开启了一个叫《雨夜问答》的栏目，睿智地解答一些读者对人生、婚恋及生活琐事的困惑，深受年轻人喜爱。

　　他除了是一个编辑，也是一个诗人。建新的诗歌写得非常漂亮，他一度用"雨夜"这个笔名发表作品。读者很难想到，这个浪漫温柔的诗人雨夜，就是那个严苛的编辑王建新。

　　除了以上三位，那几年，巴彦淖尔日报、晚报副刊还有一些编辑，也相当优秀，如我熟悉的王羽南、陈东等。

　　人们常说，看一个地区的文化底蕴，要看当地报纸的副刊。我以为看一个地区的文学水准，要看当地的副刊编辑。这是有道理的。编辑水平高，就会出高质量的作品。

诗人"付小骗"

"付小骗"是我给诗人付志勇起的名号，当然是老友之间戏谑之语。原因是有年深秋的某日，大概晚上10点多，他打电话，说请我去门前吃烧烤。我们住同一个小区，小区门口就是烧烤街，出去很方便。志勇长时间在乡下施工，我以为他忽然回来了，所以毫不犹豫就答应了。可是出去以后，完全没看到他的人影儿。打电话给他，他说他就在那里，我没找到，就回家了。一会儿他又打电话说在那里等我呢，我又下了楼，去了还是没人。如此三番，我就不再信他了，并由此给他起名"付小骗"。一来二去，在几个好友中就叫出去了。

每次说起骗我这事，他都扬扬得意。

他这样骗我，我并不以为意。志勇在公路部门工作，每到夏天，长时间待在荒凉的工地上，想是太孤单，想念朋友，所以恶作剧。

志勇属于少年成名的那类。1999年，常在《巴彦淖尔日报》周末版，看到一个叫付志勇的人的诗作，语句优美，意境幽远。近两年看大卫的诗，总让我想起那时志勇的诗。那时我不写作，和文学界的人接触得也少，以为这是一个成熟的中年男人。2010年我出版了《今夕何夕》，和巴彦淖尔的文人接触多了，有次一个文友叫吃饭，和志勇第一次见面，才知道那时他不过二十来岁。此后便与志勇开始了交往，一直到现在成为好友。

付志勇有几大特点。第一，个子矮，反正没我高。但是很有爆发力，手劲儿大得惊人，据说练过武功。练没练过我不知道，但是确实非常有劲儿，我和他掰手腕，我两只手掰不过他一只手，就是其他男性朋友也少有掰过的。他自己说，如果约架，他一个人可以对付几个。这个无从考证，没见过他打架。不过，我们同上一个摊子时，吃完饭会相跟着步走回小区，我还真觉得挺安全。

第二，请人大方。钱对谁来说都有用，但是有的人很有钱，请人很吝啬，有的人生活一般，请朋友吃饭很大方，付志勇属于后者。每次从工地回来，都要请朋友们吃饭，出了书也请，日常零星也请。朋友们提出请，还请……

第三，性格好。志勇的性格随性而豁达，你夸奖他，他笑嘻嘻的，会接着你的话再夸奖自己两句；你批评他，他也笑嘻嘻的，还是会接着你的话夸奖自己两句，总之，有他的场合，气氛就比较融洽，他也很少有让人难堪的时候。

第四，诗写得好。在当下的诗歌界，志勇的诗是一股清流，他不受这个主义、那个派别影响，始终坚持自己的创作风格。主题以亲情、爱情为主，构思精妙，语言灵动，意境优美，情感的爆发力隐忍而强劲，很容易让人浸淫其中。这也使得他拥趸无数，作品被多家电台争相朗读。

志勇的诗集每年销售量达到三千本左右，几本诗集多次再版。这在时下萧条的诗歌界，不能不说是个奇迹。

朋友们经常调侃，志勇的诗歌最受女性同志欢迎。没错，谁叫他的诗美呢！

有生之年，狭路相逢，终不能幸免

　　2018年最后一天，无论是公众号，还是朋友圈，都在发表跨年感言，总结过去，展望未来。我也想说几句，可是回顾2018，似乎没什么好说的，没升官，没发财，没艳遇，没有暧昧的"小确幸"。沮丧的事倒是有几件，但跨年了，就不说了。如果用一个放映机回放，这一年，画面基本像过去村里放的老电影，没有一点色彩。春、夏、秋，可以一笔带过。唯有冬，留下了一点痕迹，因为2018年的冬天冷得惊人，冷到什么程度呢？冷到人和人见面，由一贯的"吃了吗？去哪呀？"变成"好冷，冻死了"。据说是三十年来最冷的一个冬天。

　　另一个是，2018年年末，我学会了网购。在此之前，我是不会网购的，也不会网上订车票、机票，不会使用汽车导航，不会叫外卖，不会上亚马逊购书……

　　以前也曾在网上买过几次衣服，是把网址发给二姐，她给

227

我代购。因为衣服买回来不太合适，退了两次货，觉得实在是给别人找麻烦，就不再买了。身边的朋友说，你还是不会网购的好，你学会了，怕你整天买买买不停。所以我们就不教你了。我自己也觉得，就我这智力，也学不会。即使学会了，肯定得把家底贴进去。想想，不会，倒也省钱又省事。

网购，在我看来，是既神秘又复杂的操作。

为什么2018年年末就会了呢？因为11月底，换了一个新手机，上面有手机淘宝，无聊时，便点开看。这一看不要紧，就再也不能全身而退了。淘宝的世界，真的太美妙了，只有你想不到的，没有你找不到的。看多了，按着提示操作，注册了一个支付宝。有了支付宝，便小心翼翼、战战兢兢地试着去买东西，居然成功了。

学会网购以后，我的生活发生了重大转变，每天处于亢奋状态，不仅白天进去逛，半夜不睡觉依然泡在淘宝里面。有天凌晨3点买了一个锅铲——不是因为需要一个锅铲，而是因为这个锅铲看上去实在精巧可爱。第二天跟同事炫耀，我45元买了一个锅铲。同事诧异地盯着我说，你知道超市一个锅铲多少钱？十几元而已。还有一次睡得迷迷糊糊，进去一个叫"一天生活馆"里，68元买了一斤富强柿饼。早晨醒来就把这事忘了。某天快递忽然送了过来，且惊且喜，如同得了一笔意外之财。同事说，你知道水果店里一斤柿饼多少钱？十几元而已，你68元可以买好几斤。我说，周润发看你一眼和前村二狗子看你一眼感觉能一样吗？你那是生理享受，我这是精神享受。

真的，不网购，你都不知道你自己有多威风。

整个12月份，我觉得自己像一个皇帝，一机在手，天下我有。淘宝就是我的后宫，随时随地，喜欢哪个就临幸哪个，时不时还来个金屋藏娇。当然，也有花重金入手，亲密过后兴致全无打入冷宫的。有时，你明明要买一件衣服，却意外发现了一个包包，而且就是你梦寐以求的那种，你瞬间无法遏制想要"一亲芳泽"，这时，只需点一下"提交订单"，OK，它就是你的了。试问，还有比这更快意的事吗？

就连每次下楼取件，都有一种走在康庄大道上的自豪感。

说说我的战绩吧。12月份，我共买了8个棉袄（退了两个）、一件羽绒服、两件派克服、两个包包、一个小板凳、两支眼线液、一盒柿饼、一个锅铲、一个口罩、两条裙子、一件毛衣、一件T恤、一条裤子、一双鞋子、12本书（其中三本重复了，因为点了2）……

真的只有快乐吗？非也。上了淘宝，你就知道什么叫穷了。比如我看中一个布包包，是"游子吟之绣"这个牌子，多少钱？7680元。乖乖，可真是贵啊，可我也真是爱啊。爱到什么程度呢？每隔三分钟，就点出来看一会儿，无数次点到即将付款那一步，赶紧刹住。真是"我忘也不能忘，我爱也不能爱，这种感觉只有我自己才明白。"

是真买不起。可恼的是，这家的每一件衣服我都爱得要命，可是每一件都好几千元。是谁说网上东西便宜的？贵起来，连有钱人都怕。

买买买之余，也顺便调戏一下客服。比如我订了一条裤子，卖家讲好20天发货。我呢，每天早上一睁眼就进去留个言："快发货！"一直留了20天。每次对方都低眉顺眼，温言软语地解释一番，那一声声"亲亲"叫的，心都软了。

就在昨天，看到一个衬衫标价99999元。我又不买衬衫，只是路过。但一看这价格，就忍不住进去问客服："你这个衬衫99999元？你有没有搞错？"她说："没货了，所以就放了那样一个价格。"我说："没货你下架呀，干吗要这样吓唬人呢？"

这个世界，能让人如此纵情纵性，非淘宝莫属。

有一首歌，很适合形容我网购的情景：

我走在这里的每一条街道
我的心似乎从来都不能平静
除了发动机的轰鸣和电气之音
我似乎听到了它蚀骨般的心跳
我在这里欢笑　我在这里哭泣
我在这里活着　也在这里死去
我在这里祈祷　我在这里迷惘

我在这里寻找　在这里失去

……

写作此文时，2019年了。新的一年，我的愿望是发一点小财，好让我去淘宝装一回大爷。

口　味

从前不爱吃饺子，连那种味道也不爱闻，每次家里吃饺子，就会躲出去。年三十包了饺子，初一早晨起来吃是习俗，而我一准会饿肚子。

从前不吃鱼，无论红烧还是清蒸，都不爱吃，讨厌那股子腥味儿。

从前爱吃零食，瓜子豆豆炒花生，后来吃糖炒栗子，天天吃吃不腻。

从前爱英俊的男人，要够高大威猛帅气，如果再懂点艺术什么的，简直迷死人。

从前交友，定要个性鲜明，气质出众，倘若也能舞得两把文字，便恨不得死生契阔，与子成说。

从前看书只看小说，最好是大部头，情节要够波澜壮阔、跌宕起伏。

......

什么时候开始不再讨厌吃饺子了呢？由浅尝辄止到逐步适应，到现在喜欢上了吃饺子。

鱼呢？清蒸的也好，红烧的也罢，都不错，水煮的更棒。

瓜子豆豆糖炒栗子，现在一年到头也不碰。

现在看男人，只在意性格是不是温和，器量是不是宽宏；若能烧得两手好菜，已认定是一良人。不求本事大，但求脾气小。

现在交朋友，正如宋丹丹说的，"跟谁在一起舒服就和谁在一起，包括朋友，我累了我就躲远了，你喜欢我、我喜欢你，我们就在一起；我们都不喜欢，千万不要在一起。"

现在读书，多看散文小品，三言两语说明问题最好。

是我们的口味变了吗？当然不是。

有些夫妻，年轻时是怨偶，整日吵吵闹闹，水火不容，只是因为各种原因没有分开……渐渐地，年龄大了，开始不再吵闹，不再怨恨；及至白头，反倒一起买菜做饭，跟进跟出，彼此融和。

是两个人相爱了吗？还是有一方改变了？——当然不是。不爱，依旧是不爱的，人也还是那个人。改变的，是身体，身体老了，对激情的需要少了，爱不爱便不再重要了，谈不谈得拢也不再重要了，只要身边有一个人可以相互搀扶、照顾。

我们的口味没有变，只是我们屈从了岁月！

猪的幸福生活

2019年是农历猪年，让我们来谈谈猪吧。

小时候住农村，所以对猪比较了解，每年春天，家里会逮一只猪崽来养，有时安排由我来喂食。小猪长大一点，请了兽医给猪做手术，谓之劁，以后就丧失了生育能力。此后，一直被关在几平方米的圈里，直到严寒到来，走完它们的一生。

我从来不知道，一头猪如果不宰让它寿终正寝的话，可以活多少年。因为我所见过的猪，都是在两岁就被宰了。那是过去，叫隔年猪。现在人们很少养隔年猪了，都是当年逮了猪崽，冬天就杀了。现在的猪，一生也就一年。即便是那些不被吃肉的猪，比如专门养着下崽的母猪以及配种的公猪，也不会因为它们劳苦功高就可以颐养天年，一样会被杀掉。所以，猪的自然寿命是多少，真不好验证。

这些猪在被杀之前，与人可谓是朝夕相处，但人类在杀它们的时候，没有丝毫怜悯和难过。因为一早就给它定了位——它，就是为满足人类吃食而存在的。任何事，一旦定了位，心态就会不同，刽子手从来不会对死刑犯心软。

关于猪，我做了一个思考。人类为什么对猪毫无感情呢？要知道，即使过去，人们吃一条自家养的狗，也是十分的不忍心，至少主人不会亲自动手。一只猫丢了，也会寻了又寻，唯独对猪，没有一点感情。人们骂一个人笨，是蠢猪；骂人丑，是"巴克夏"（一个猪的品种），说一个人轴，是"猪心实窟子"，形容男人油腻猥琐，是"大猪蹄子"。

面对猪，这个对人类无私奉献的物种，人类充满了傲慢与不屑，是从心底里看不起。

为什么呢？我想，这与猪和人类的相处模式不无关系。猪一生下来，便被人类圈养了起来，剥夺了它们的自由权。很快又剥夺了它们的交配权和生育权。及至长大成猪后，又剥夺了它的生命权。

猪的一生，可以说是被人类控制、奴役、压榨的一生。这对猪是不是一种不公平，人类是不做考虑的。问题是，猪呢，似乎也没做过多少思考。因为看上去，猪很少表达愤怒，也不见有什么反抗。你听说过猪因为对人类不满而发生暴动吗？它们似乎从来不知道有天赋猪权这回事。

事实上，大多数的猪，不仅认可这样的生活、安于这样的生活，甚至依赖这样的生活。在它们眼里，这几平方米的圈，就是它们的家园，它们无比热爱这片家园。而外面的世界，是未知的、不确定的。除非人类苛刻到让它们填不饱肚子，否则它们基本对生活现状没有什么不满，或者还有着强烈的自豪感和幸福感——人类为它们提供一日三餐及居所，并使其免受其他动物的骚扰，还有什么不满足的呢？这样想的结果是，猪们便心满意足地吃了睡，睡了吃，过着它们认为幸福的猪生，一代又一代。

至于自由是什么，它们懵懂不知。因为习惯了人类为它们设置的生活，它们并不知道这世界，还有另外一种生活——青青的草地、盛开的鲜花、茂密的树林，以及在山野中自由自在地奔跑。

而对交配和生育这事，同样没什么异议。它们从小就被处理掉了，所以它们并不知道有两情相悦、雄欢雌爱这回事。没有体会过它的美妙，也就没有了渴望。何况，无论公猪母猪，去势之后，荷尔蒙低下，也就没有什么欲望了。欲望会催生思想，没了欲望的猪，是不会有什么想法的。没有了想法，就不会有反抗。

到了最后，猪的大限到了，要被杀了。有个别猪感觉到了什么，哀号起来，可是为时已晚。大多数猪，觉得这就是猪的宿命，是猪的使命，猪生来就是要成为人类食物的，人类杀自己是理所当然，天经地义。于是，便坦然接受了。

而另一部分猪，相信因为有了人类，才成就了猪生，才使猪更有价值。没有人类，猪什么都不是。因此能为人类饮食做贡献，可以说是生得伟大，死得光荣。怀着这样崇高的使命感，这些猪们视引刀为一快，安然闭上了眼睛，走完了它们毫不利己，专门利人的一生。

　　只有极个别猪，对这种既定的设置感到不满，并且愤怒，比如王小波那只特立独行的猪，它们不甘心于"命运"的设定，它们渴望自由。它们希望开拓出新的世界，使族群获得不一样的猪生。于是，它们用实际行动做出抗争，但这样的结果是，它们或在人类严厉的管制之下被终结，甚至消灭，或在其他猪的嫌弃和厌恶中被孤立，被边缘。总之，敢于挑战限度的猪多半要遭受失败。唯一的可能是，它们勇敢的抗争举动，引起人类的紧张与侧目，并为猪的世界打开了一扇窗。

　　综观自然界的各种生物，猪大概是被人类驯养得最成功的物种了，也是在人类面前溃败得最彻底的物种。它们不再具有独立思考的能力，不再具备反抗精神，不会给人类制造不安定因素。我想，这也是人类可以对猪为所欲为，却毫无忌惮的原因——你已经这样驯服了，我还需要惧乎你吗？

　　人与猪的关系，可以说是人类的成功，猪类的失败。当然，这是我们的思维，猪们并不这样想，它们是打心眼里觉得自己生活在幸福中。

不到塞外，怎知春色如许

敕勒川，

阴山下。

天似穹庐，

笼盖四野。

天苍苍，

野茫茫，

风吹草低见牛羊。

看到这首诗，有没有感觉很亲切？我有。

2000年刚学会上网那会儿，每次有外地网友问是哪里的，我回答他：巴彦淖尔。对方说不知道，我就赶紧把这首《敕勒歌》奉上。如果还不知道，我就会通俗地、不厌其烦地详述。比如，这里有蜿蜒而过的黄河，有巍峨挺拔的阴山，有烟波浩渺的乌梁素海，有苍茫延绵的乌兰布和沙漠，有广阔无垠的乌拉特草原，有阡陌纵横的河套平原……

我是个没什么耐心的人，唯独介绍巴彦淖尔的时候，非常有耐心。

最不爱听这句话，风景还是南方的好，青山绿水，咱这里，有什么看头。我总反驳，你眼里无景，是因为心中无物，当然没看头了。大漠、长城、阴山、草原、黄河、戈壁、飞雪……这些还不够你热血沸腾、心潮澎湃吗？

毕竟，"大漠孤烟直，长河落日圆"的雄浑在这里，"但使龙城飞将在，不教胡马度阴山"的气魄在这里。还有比这里更能体现千里冰封，万里雪飘的雄伟景象吗？

江南水乡的空灵飘逸的确美丽，但塞外的苍凉与悲壮，带给你的是截然不同的感觉。

可以这样说，南方是曼妙的，北方是雄壮的；南方是水墨画，北方是岩刻；南方是桨声灯影里的秦淮河，北方是奔腾翻滚的黄河。

巴彦淖尔，就是一本古朴的书，翻开这本书，历史的痕迹跃然眼前。这里有建于光绪年间、西部最大的红教寺庙——阿贵庙；有"映光书汉奏，分影照胡兵。流落今如此，长成受降城"的汉受降城——新忽热古城；有"细雨梦回鸡塞远，小楼吹彻玉笙寒"的汉代通往漠北之要隘——鸡鹿塞；有逶蛇阴山之巅，苍莽壮美的秦长城；有始于秦汉、兴于晚清，具有两千多年引黄历史的古老灌区——河套灌区。

常有外地的朋友问，巴彦淖尔，是什么意思？我告诉他，是蒙古语"富饶的湖泊"。

是的，在这6.4万平方千米的土地上，湖泊星罗棋布，犹如一颗颗珍珠洒落在北方大地上。每到夏天，到处都是银光朗映，水天一色，为苍凉的塞外增添了无限生机。

人们常说，熟悉的地方没有风景。对我来说，巴彦淖尔的山山水水熟悉得已经不能再熟悉了，可是每一次面对，依然会被深深地触动……我想，如果我是画家，只这一片土地，就足够我画一生了。

有句话说，不出茅舍，不知天地之广阔；不到边塞，不知世界之辽远。如果你不曾到过巴彦淖尔，你就不会懂得塞外的美丽与风情。